エッセイ集

ここにいるよ

はらみちを

渓水社

タルチュム
韓国仮面舞踊
韓国ハンマウム会

ヒロミと生きてる

クレオックさん
ヒロミ

ボディーメッセンジャー

I love you

風の中の美術館

「元気？…あぁよかったァー」

久しい友の電話の声が潤んでた。

最近、沈黙気味のボクをみんな心配してくれてるのだ。

そうか…年月がたつと齢とったことも、足の不自由や、痛みや、作品発表ゼロが長びくことも、街も、クルマも、ビルも、日々の存在の発信も、かぼそくなるやろう。

猛烈に拡がったケータイも、必死になってしがみついてる生命の糸のような気がする。

それぞれの出来ごとは、この世に置いてけぼりにされるのが耐えられないのだ。

これはボクの日常の
「ここにいるよ」の微小な断片である。

もくじ

まえがき　ここにいるよ　i
魂の表現者達　3
郵便局はセピア色　6
それからのクッピー　10
古時計　14
ヒロミと生きてる　18
ボディメッセンジャー　22
お婆ちゃんの愉しみ　25
アイゲイズシステム　29
あいさつおっちゃん　32

コーチン　36
哲ちゃん　40
カオルさんの白い手　44
トンボも泳ぐよ　48
音色心情　52
救え植物！　人と樹の会　55
母の笑顔　59
臍から手へ　63
手話は芸術だ　67
ぬくもり繁華譚　72
生きる子よ　76
一日郵便局長記　80
初めてのチューッ！　84
わが武道館　暴走記　88
橋と月　92

和ちゃんのファン達　96
風の中の美術館　101
ここにいるよ　105
マンガ天国知ってるかい　109
やしきわらし　113
やすらぎ音楽祭　118
洋平くんのこと　122
家族　126
人よ樹から降りなされ　130
ピンクと黒とまっか　133
車椅子笑笑譚　137
百一才の時間　141
野菊　145
ななかまど　149
桜　153

半胴 157
アート天才塾 162
生き残りじゃ 166
妖と神秘とナマナマしさと 170
ミュージカル顛末記 175
ヤメロ！ ヒガミッポー！ 179
吉原さん 183
ニューヨークに行く 187
元気！ 191
母子の糸 195
ヨーコ心配 199
観音さま 203
あとがき 燦めくスピリット達に囲まれてきた 209

ここにいるよ

魂の表現者達

魂の森を奥深く踏みわけていく感じがした。あの胡弓と太鼓と三味線の哀愁が漂《ただよ》う音楽に場内は吸いこまれていった。

「越中八尾《やつお》おわら風の盆」の実演に酔った。これは第四回「心に花を」六方《ろっぽう》学園チャリティコンサートのメインステージである。

踊りこ達《たち》のしなやかな手振りには極致の美がある。この所作は農作業を微《こま》かく表現しているという。例《たと》えば鍬で大地をふんばり耕す仕草、手を下から上に伸ばして稲の成長する様子《ようす》、稲刈りの動作、脱穀や籾を箕《み》で撰別する繊細な仕草《しぐさ》などの美しさに息をのんだ。

長い歳月をかけてねりあげた農民の表現文化には澄み切った気品がある。

＝しみわたる　風のやさしさ　切ない響き＝

これは学園の三つのステージに一貫したキャッチフレーズである。

最初は「六方ミューズ・アンサンブル」が演奏する見事なマーチなど七曲があり、次のステージは「KEIKO」のトーク&ライブのラブソングが組み込《こ》まれた。共通点は全員障害者だということ、彼らの生きてる魂の響きの素晴らしさを場内一杯《いっぱい》に充満させようという狙《ねら》いがあった。

殊《こと》に、あの、すげ傘を被り「おわら風の盆」を踊った石川の「野積園《のずみ》」の利用者達……連綿と続く農民文化の魂を伝えられるのは純朴な彼らにしか出来得ないのではないかと思われ、溜息をついたのだった。

去年のコンサートもよかった。

「韓国仮面タルチュム舞踊公演」を招聘した。踊りこは六方学園と姉妹縁組した韓国ハンマウム学園民族公演クラブ八名の登場だった。

最初に一人、赤い大きな仮面を被《かぶ》った踊りこがステージに出てきて、白衣裳の長い袖をヒラヒラかざして辺りを伺《うかが》ってる。そしてしきりに手招き始めると仮面の仲間が五人ぞろぞろと現れる。黒面、白面、青白面と、それぞれユニークな表情をした仮面達が集まりリーダーの赤面と顔つき合せ何やらヒソヒソと相談をし始めた。軈《やが》て相談が決まったのかパッと大きな輪にひろがってクルクル。白鳥が飛ぶように袖をヒラヒラさせ踊り始めた。

その大らかに回り踊る仕草がユーモラスで思わず笑いを誘う。片隅では太鼓が一人座って踊りに合わせ、「トントン、チアーッ」と掛け声をとばす。次第にテンポが早くなり白い風を巻きあげて仮面舞踊は消えた。

ひとびとは何かしら暖かいハピーに包まれ言語を超えた仮面の物語りに声もなかった。この見事《みごと》な舞踊劇を誰が知的障害者達の踊りだと考えてたろう。

こんな深い民族の〝和〟の魂をみせてくれた彼らに感動の拍手が暫《しばら》く鳴り止まなかった。

郵便局はセピア色

深々と被《かぶ》った帽子の奥にチタンの眼鏡がキラリと光ってる。薄いベージュのスリムなロングスカートが足もとに眠ってるバギーの赤ちゃんを静かに揺らしてる。

ここは牛田《うした》本町五郵便局である。

ボクは局に訪れる若い女性をぼんやりと見ながら、確かに何処《どこ》かで見かけた光景……遠い昔何処《どこ》で……と考えてた。ぼやけてもやもやのその女性の倒影は、父の古いアルバムに貼られてたセピア色の九条武子婦人の写真だった。

帽子を被《かぶ》りロングスカートで颯爽《さっそう》と歩いていた。背景に鐘紡の倉庫が写っていた。父の勤めてた会社に訪問されたときかもしれない。

子どもながら美しいひとだと思った。外国映画に出てくる女優さんのようだった。その昔のファッションが今、目の前にある。

流行は繰返されるのか、ベージュと白のカラーモード迄そのまま変っていない。

路地裏に新しい郵便局が出来たので利用するようになった。主道から離れ細いくねくね路に入り込んでるので不便だからお客が余り来ないのではないかと、ひとしれず気をもんでいた。けれど小さな局は局長さんの人柄でお客が集まって来ることがわかった。局がまちのファミリーのひとつとして共生してるのだ。その和やかな日常が目の前にある。

小柄なお婆ちゃんがポツンと椅子に腰かけて待っている。応待に忙しい窓口は誰も見むきもしない。

「ハイハイ、お待たせ、行きましょう」

と笑いながら局長さんが出て来《き》た。お婆ちゃんは縋《すが》るようにしてひょろひょろと立った。

「……お婆ちゃんがタンスの引出しようあけんというので……」

と局長さんはボクにいった。この前は電灯がつかんといったのでみに行ったそうだ。ソケットの接触が悪かっただけだそうだ。

なんだかんだとこの独居老人は局長さんに雑事を頼みに来る。

「えらい！」

局長さんをボクは感心してみてた。

定期の満期通知を持って現金を引出しに来た車椅子のお年寄りにやさしく説明してる。

「これは福祉定期ですから、お金がさし当《あた》って必要なければもう一年預け直されたら如何《いかが》でしょう。現金持ってたら物騒ですよ。福祉じゃけぇ利息もいいですよ」

お年寄りは納得し頷《うなず》いた。嬉しそうだった。

局長さんをみているとこれが民営化じゃん、民営化は昔からあった。雪深い山奥の老人の家に一枚のハガキの配達だけじゃなく、不自由な生活の手伝いを度々《たびたび》した話。息子の手紙だといって何も書いてない紙を盲目の親に読んできかせた中国の郵便配達夫の話。

ポッと暖かくなる心のひだまり……それが郵便局だろう。小さな窓口から紙幣が出て来《き》たとき一瞬パッと明るくなった母の笑顔……

昔の大正ロマンのアルバムも、今の若い女性のファッションも、手押し車でやって来《く》るお婆ちゃんも、ここはボクの心の中でみんな暖かいセピア色に染まってみえる。

ボクのいつもの散歩コースに郵便局がある。用がない日も切手など少し買ってごまかす。

局長さんがそれを知って出て来《く》る。ボクのためにスロープの鉄板をつけられた。

ありがたいこと、お陰でスイスイ立寄り、お客の出入りを眺め、局長さんの顔をみて、

「じゃネッ!……」

局長さんのお名前はまだ知らない。

それからのクッピー

「はらさんにとって人生とは何ですか」

「うーン」一瞬うなった。南小六年の女の子の質問だった。大人顔負《かおま》けの問いに言葉がみあたらない。詰まって「それはぬくもりだァー」と絶叫してしまった。みんなドっと湧いた。

熱くなった。子どもの頃《ころ》母に背負われて通学した体験、廊下をおずおずと松葉杖で歩いていたら友達にぶつかったよ。ボクは転ぶ瞬間その子の顔をみたよ。悪いことしたと蒼ざめてる。ボクはその子に笑ってみせたね。するとその子はテレながらボクの体にのしかかったんだ。ワッショイワッショイ、次々と友達がのしかかっておしくら饅頭《まんじゅう》が始まったね。

寒い冬の小学校の廊下さ。ボクは下になって汗びっしょり。苦しかったけど嬉しかったね。友達ってこんなに熱いもんかと初めて知ったね。それからボクはおずおずは止めて、友達にじかにぶつかり合い勉強するようになったよ。友達って人生で一番《いちばん》熱い大切なもんだよね。

友達求めて冒険するボクのかいた「それゆけクッピー」の絵本を軸に各地の小学校で話をして回《まわ》った。「クッピー」のいわれは、八一年一二月九日障害者の日が制定されキャラクターが生まれ、九日のクとピープルのピーをとり「クッピー」の愛称が出来《でき》たのである。

クッピーは交通事故でバラバラとなり、熊の大工さんに直して貰《もら》い百万馬力の車輪をつけて、空に海にお友達求めて冒険をする。このやさしく強いクッピーは当時の子どもに元気の出る生きたキャラクターとなり全国をとび回《まわ》った。これはティーンエイジャーのための障害者理解学習に大変《たいへん》役立ち活用され、ボクの講演が長い間続いた。最近は障害者理解もゆきわたってるのだが、牛田小学校一年四組からお呼びがあったとき、それからのクッピーのこと話さなくちゃ……と出かけた。

最初は先生達総出演の愉しい「それゆけクッピー」の紙芝居があった。その後ボクがそれからのクッピーの話を画用紙にかいて説明。

まず、それからのクッピーは宇宙のクリーナーさんをやってるよ。宇宙のゴミを網でかき集めクジラのゴミ再生工場に食べて貰い、資源化して地球に戻《もど》す仕事さ。

次《つぎ》はクッピー太陽発電所作ったことね。巨大な鏡に太陽熱を集め発電して地球に送るんだ。次《つぎ》は戦争防止クッピーコチョコチョ花粉をまくんやね。クッピーの超ミクロンを何十億と培養してさ、戦争する相方の全身に入りこみコチョコチョくすぐるんだよ。ワッハハ、くすぐったくてたまらんと笑いころげて仲直《なお》りさ。平和は明るい笑顔からじゃん。

話が終るとみんなが質問をした。「クッピーは何才ですか」「ほんとにいますか」

「はらさんは家で二階に上がるのにどうしますか」

「そんなことヘイチャラさ。大声でクッピーッ！ と叫んだら、とんできて空中にふわふわと持ち上げてくれるよ。クッピーは頼母《たのも》しい未来人じゃもんね。ワッハハ」

それから終りに全員が「それゆけクッピーの歌」を合唱してくれた。ボクは嬉《うれ》しくて、のりのりになり「ヘイヘイヘーイ」と電動車椅子でみんなの周《まわ》りを走り回《まわ》った。

〜どんなひとでも人間だ
不便がなくなりゃ平等さ
やさしい友だちあふれてる
クッピークッピー

それゆけみんなのクッピー

歌声を背に会場を去った。
ボクの躰《からだ》は可愛い未来とぶっかり合って相当熱くなっている。

古時計

ジャランジャランと言《い》う賑《にぎ》やかな金属の音がピタリと店の前に止まった。

ショーウィンドウ越しに土負子《つちおいこ》を背負ったお爺さんがみえた。土負子には柱時計がある。八角の古時計だ。

戦後の村には時計屋がいなかった。みんな兵隊にいってしまったのだ。その頃《ころ》国民学校を卒業してぶらぶらしていたボクは、村のひとから器用だからと時計修理を頼まれ、次第に出来《でき》るようになり小さな店を出した。

噂をきき隣村からそのまた隣から、峠を越え畦みちを歩きジャランジャランの音を播《ま》き散らしながら古時計がやってきたのだ。その長閑《のどか》で微笑《ほほえ》ましい景色を想像するとなんとも愛しくてたまらない。

「へぇ、遠い所からよくまァ……」と感動して引き受けた。煤けた古時計の蓋をめくるとベトッと貼りつく油と真鍮と鉄の匂いが立上《のぼ》った。ボクはこの闇の底から立昇《のぼ》る金属の匂いが好きだった。

「ワー凄い時計だ」というとお年寄り達はみんな胸を張った。「ほうよ。嫁の爺さんがハワイで買った古い時計じゃけえのぅ」

時計は古ければ古い程《ほど》、つまり昔の機械ほどいい物なんだと信じてはばからない。農家の時計はどれも煤でまっ黒になり文字板がみえない。石鹸でゴシゴシ、真鍮の枠は梅干のシソでキュッキュッ磨くと綺麗になった。デザインは殆《ほと》んど八角時計だけど中には丸い目玉が四つある目玉時計。それから箱型のスリゲルと変化していった。

確かに柱時計は農家にとって家族のようなものだった。或《あ》る日お爺さんが、振子をさも嬰《あか》子《ご》を抱くようにやさしく布で包み懐に入れて持って来た。

「時計を直してつかあさい」「え?」受け取った木の葉のついた真鍮の振子は体温で熱くなっていた。

「柱時計は?」

「ありゃ家に置いて来た。これが止まったんじゃ」

なんと素朴で愛しいひとだろう……

古時計の機械には総身傷だらけの生の執念が怖いほどみえる。硬質の匂いの奥深いところから死の妖気が光る。油をくれェ、動かしてくれェーとナマナマしい声、止まった機械は死骸じゃない。

柱時計はゼンマイのほどける力で動く。一番車二番車三番車四番五番（ガンギ）に力が伝わりアンクルが左右、振子の反動を受けて時を刻む。長時間作動した歯車、芯のホゾが地板の油穴を三日月形に摩耗させ歯車が傾き止まる。

この三日月穴を見事に鏨《たがね》で狭《せば》めていた。先達の技の冴えに息をのむ。ボクは祈りをこめ修理した。生命が蘇生しコチコチ動き始めると、時の大河にのせた欣《よろこ》びがあった。

平井堅さんが歌う「大きな古時計」を聴いていると胸を突き抜けて通りすぎる透明な風を感じた。それは再び還らぬ時なのか、永遠なのか、よく解《わか》らない。

〽百年動いて　お爺さんと一緒に
チクタクチクタク
今はもう動かない　今はもう動かない……

その美しい声は切ない。

ボクは動かないものはないと、強引に動かしてきた。

ぜんまいのほどける音や水ぬるむ

17　古時計

ヒロミと生きてる

髭《ひげ》のマスードがいきなり部下の頬をパシパシ！　痛烈な音がして兵士の顔は左右に波打った。暗い洞窟の指令室、マスードの顔が崇高なまで蒼白。徹底抗戦し祖国奪還のためソ連軍と闘うアフガンの獅子マスード。時にはくつろぎ笑みを浮かべる人間マスード……。少なくとも彼はイキイキとしてボクの眼前にいた。これは不思議な実感だった。

常に危険にさらされるマスードをガードする精鋭護衛兵が数人いた。その兵士のひとりに寝返ったソ連兵もいる。これは奇妙なことではない。それ程マスードが魅力的なのだ。彼に生命を捧げようとする兵士の緊迫が胸を刺す。

報道カメラマン長倉洋海《ながくらひろみ》が斬りとった時間に対峙《たいじ》性がない。確かに映像だが物体じゃない。ボクは瞬時、ヒロミの眼になり、その切羽《せっぱ》を共有してた。これはテレビであれ、フォットであれ、凄い発見だった。

ヒロミと最初に出会ったのは豊中市の人権フォーラムの時だった。彼はアフガンの戦火の子どもの写真展と講演をしてた。ボクもパネラーとして参加し、彼の作品に出会う。戦争で破壊され翻弄《ほんろう》された子ども達が一斉にこちらを凝視《ぎょうし》してる。その大きな澄みきった眼を前にしてボクはドキッとし、たじろいだ。その眼はボクに向って直撃弾を放っていた。怨《うら》みではない、嫉《ねた》みでも嘆願でもない。ヒロミのレンズは説明できない、ひとの魂の毀されない宝石みたいな芯を斬り出していた。

ヒロミの魅力は会うとすぐ解《わか》る。彼は地球を包む空気である。空気だから何処《どこ》に行ってもスンナリと違和感がない。おだやかで誰でも心ゆるせる髭のお兄ちゃんなのだ。みんなヒロミが好きになる、けど好きになればなる程《ほど》不安がふえる。地雷を踏んで死にはしないか、常に危険の最前線を走り廻《まわ》っているのだ。

次々と死んでいく報道カメラマンの話をきくたびハッとする。その戦場で死人ばかりをみてきた彼が、一転して生きてる人間にカメラを向け始めたのだ。

アマゾンである。奥深い森に棲む先住民達を訪ね、ジャングルの中を枝をはらい沼に足をとられながらいく。フラフラと歩く彼の背中をテレビが追う……。そうか、ボクはこの時、初めてヒロミと何時《いっ》も行動してると思い込んでいたのは、この映像のせいだったと気がついた。

けど映像を感じさせない空気……空気はそこで素晴らしい。クレナックというインデアン先住民リーダーと出会う。クレナックの案内でアシャリカ族の村、アモーニァ村やブレオ村を訪ね歩く。川を小舟でのぼり、森の中に入ったとたん、カッと熱い太陽のように明るい世界――イキイキと生きてる人達がみえた。嬉しくなった。

これを辺境とか秘境とかいうのは都市の傲慢《ごうまん》だろう。そこには厳然とつらぬき通した自然人間の豊かさがある。

クレナックは喋る。

「インデオが欲しいのはテクノロジーじゃない。自然だ――。我々はそのために今、生きる」

ヒロミはクレナックに問う。

「しかし現代は古いものを見下し、下等なものとみるが……」

クレナックの太い眉がつり上がった。

「我々はもっと大きな流れにある。何処《どこ》から生まれて何処《どこ》にいくのか、それを知ってる。もはや大自然そのものになることを知ってる。人間は何も残す必要はない。宇宙そのものが人間の創造物だからだ」

ヒロミの写真集『人間が好き』（福音館）を手にすると、誰でも裸民族のド迫力と明るさに息をのむだろう。そこには陽に熟《う》れた生命がムンムンと立ちのぼってる。ひとは本来全裸だ。ここではみんな太陽を浴び、ほてった頬を、腹を、お尻を動物や植物にして森を走り、叫び、祈り、踊り、喰らい、生命の歓喜を膨脹させてるのだ。なんとおおらかな世界だろう。ヒロミは死よりアマゾンを撰《えら》んだ。あの先住民達の素晴らしい世界観——、ケタはずれに壮大な空気のかたまりをドーンとボクの眼前に放り出して、ヒロミは又《また》、フイと旅立った。

今度はボクを何処《どこ》につれていくのか。

ボディメッセンジャー

「ドヒャー」

今回はタクシー三台で現れた。タクシー座席からミニスクーターが降ろされ、巨体の彼女はドカッと乗ると一気にボクへ突進してきた。抱きつきキスし歓声をあげる。シカゴの養護先生スージ・ハーマンさんは白い顔を紅潮させ、全身で嬉しくてたまらないという感情をみせた。

二年前は日米養護交流ツアーだったが、滞在中二度も個人的にボクのアトリエにやってきた。ボクの描いている絣ともんぺの母子風景が気に入ってキャキャと興奮し喜ばれた。

彼女のワンダフルは、旧い日本の母親像に寄せる単なるエキゾシズムかと思っていた。そんな外国のひとが時折りいた。でもハーマンさんの場合少し違う。ハーマンさんは黙って長時間ボクの絵を視つめ、溜息をつき、このままずっとここに住みつきたいという。

それにしてもハーマンさんのユニークさはブチ面白い。乗ってきた特製の豆スクーターは燦《きら》めく深いワインカラーだし、その上タイヤは十センチのムチムチのアンパンタイヤ。玩具みたいだがこの三輪仲々《なかなか》のパワーで、アトリエの坂道グイグイ登りニッコリピース！

さすが先進工業都市からきただけはある。

足にはこれまたベトナム製のゴム草履、そして十本の足指に指輪が光ってる。このギンギラおしゃれは前回と同じだが、今回は足首に大きな「平和」と言う漢字の入墨がしてあった。恐嘆するボクらに、ここにもあるよと腕もめくってみせてくれた。

愕《おどろ》くのは早い。何といっても巨《おお》きなボディを包むファッションのケバケバの大胆さ、黄金の地色に豹のような斑点模様がどぎもを抜く。これはアメリカなんだ。如何にも人間謳歌のアメリカ的昂揚の固まりという感じで圧倒され続けだが、スクーターの先端に星條旗のシールが誇らしくピタッと貼りつけてあって、ウーン……と納得した。

つまりハーマンさんはアメリカの動く広告ボディメッセンジャーなのだ。

彼女には連《つ》れがあった。教え子だという若い女性養護の先生をしているシーア・ジャクソンさんだ。ジャクソンさんは日本の手話の勉強していて、片手にジャパニーズサインズの本をめくりながら通訳の栗原さんを通して話し合った。

生まれは何処と訊くと、いきなり左手の表を突き出し親指を真下にのばし他の四本の指はピタリと揃え、ここと右手で指した。

「ハハハ、よう解った。キューバの近くだ」

丁度《ちょうど》そこへ偶然だけど牛田小学二年生達がドカドカとやってきた。総合学習とかでボクのアトリエ訪問だった。ボクはハーマンさんを、アメリカのフレンドだと子ども達に紹介した。ハーマンさんは旅行カバンから自分が撮影したシカゴ風景のカードを一人一枚づつ配り始めた。子ども達はワーッと歓声をあげながらカードを奪い合った。ハーマンさんは子ども達に「アイラブユー・アイラブユー」を連発した。アイラブユーのサインはこうするのよとジャクソンさん。親指を横にし、ひとさし指と小指をピッと上に立てて中指と薬指は折り曲げてみせた。子ども達はすぐ憶え一斉に指サインをかざし、

「アイラブユー　アイラブユー

ハーマンさーん

アイラブユー」

とはやしたてた。

ハーマンさんは笑いころげて目がしらを押さえた。

お婆ちゃんの愉しみ

アサノお婆ちゃんはすっかり堕《お》ち込んでしまった。その消沈ぶりったらない。そうでなくても小さな躰《からだ》が、しぼんだ梅干みたいになった。それもそうだ。ここ何百年、かつてない天変地異が続々起きたからである。

先般、樹齢四百年といわれていた庭の巨大松が松喰虫にやられた。お婆ちゃんちは昔から「大きな松の木のある家」で有名だったのである。その松は自由奔放に伸び、枝が家屋を覆いつくしていた。

そいつがまっ赤になり、遠目で家が炎上しているようにみえるというので仕方なく斬った。ボクらは庭に青空をとり戻してええじゃんかといったが、お婆ちゃんは身が引き裂かれるようだと寝込んでしまった。

その悲嘆に追い打ちかけるような惨事がまた起きた。一九九一年九月二十七日の十九号台風だ。なにしろ風速五十八メートルというから物凄い。その台風は瀬戸内海の塩分を含み、市内の電灯が一週間もつかなかった。その夜ボクらは蠟燭の小さな焔を囲み、獣のけたたましい咆哮《ほうこう》に脅えていた。瓦やトタンがうなりをあげ「ヒューン、ガラガラ」。恰《あた》かも巨人が手で押すようにドカドカと家屋が揺れた。

台風一過の朝、唖然とした。庭の赤門がふっとんで無い。辺りはトタンや瓦や衣服やビニールが遠くからとんで来て散乱していた。まるでゴミ棄て場だ。

電柱に「頭上注意」と貼紙があり、見上げて笑った。看板が舞い上がり頭上に水平になって引っかかっている。イヤでも見上げた者は広告文字を読む仕掛けだ。

そして電話が沢山かかった。宮島の朱の回廊や能舞台がペチャンコになってる。広島は大変だァー、テレビでみたみたと大騒ぎだ。

確かにひどい台風だった。その傷跡は一年たった今もまだ消えそうもない。九州の山は広範囲で樹木が根こそぎなぎ倒されたままだ。第二災害が心配されているという。

赤門喪失でお婆ちゃんの落胆はひとしおである。お婆ちゃんは昔、大田《おおた》川を舟にのって嫁にきたそうだ。そしてあの赤門をくぐり庭石を踏み主屋《おもや》に入ったという。

「わたしゃね、死んだら、この赤門くぐって家を出るんじゃけえ」と、つねづねそれを愉

27　お婆ちゃんの愉しみ

しみにしているようにいってた。

お婆ちゃんの愉しみを台風がそっけなく奪いとっていった。それはかりではない。まっ盛りだった庭のサルビアがひきちぎられ、ツンツン芯だけになっていた。うちのばかりじゃないよ、まちの樹は全部綺麗に葉がちぎられ、まるで冬景色さ。ところが冬が近づいた頃、再びサルビアがまっ赤な花を咲かせ、樹々は眩《まぶ》しいような若葉をつけたのだ。

自然はなんとやさしいのだろう。

松も赤門も消えて喜んだのはチビッこ達だ。

「おばあちゃん！ ボク、ひとりでお庭、あるいてきたよ。あぶなくないよ。ひろくなったもんね」

「ほうね、ほうね」

お婆ちゃんは毎日やってくる曾孫達に囲まれ、元気をとり戻し、今度は玄関に思いを寄せていた。お婆ちゃんがデザインしてきた人生の入口に対して出口がやっと決まったのだ。掃いたり草とりしたり、日々綺麗にするのを愉しみにしてる。

アイゲイズシステム

眼球の動きと舌先でセンサーを操作し、カシャカシャとパソコンに言葉が刻まれていく。観衆が大スクリーンに映し出されたそのタドタドしい言葉に、息をのみ込み見入るのだった。それは随分長い長い時間がかかったけれど、大勢のひとびとは実に忍耐強く、無言で凝縮されたこのひとつの生命の共同空間を持ち続けたのは愕きだった。曝《さら》け出された極限の生命のメッセージにしびれていたのだ。生命には本来生きることの荘厳な目的がある。

仙台の「ありのまま舎自立大賞」に選ばれた宮城町の鎌田竹司さんが、ステージにあがり受賞の挨拶をされたのである。

さまざまの機器やコードに縛られた車椅子にのり、膝にパソコンをのせ、奥さんに手傳って貰い、生きる歓びの言葉を元気一杯スクリーンにとびはねてみせた。

こんな様子を以前スペシャルテレビの「ハイテクが支える私の人生」でみた記憶がある。筋萎縮性側索硬化症（ＡＬＳ）という難病のマーチンさんが頭にヘッドトラックをつけ、パイプを口にくわえて呼吸でセンサーを操作し、目線でパソコンを打つとコンピューターが音声化し、日常、銀行売収業で大活躍されている様子をドキュメントしていた。流石《さすが》アメリカ。文明の進歩が人間の平等化をめざす豪快な展開に圧倒された。

この目線で打つ言語伝達装置「アイゲイズシステム」という恩恵の元祖は、もともと米軍のパイロットが、空爆用に開発した目線の動きで発砲する装置の応用だったと知り胸が痛んだ。福祉のためではなかった。

進歩がひとを殺す非人間的な目的の中にしか生まれない歴史的事実が、何ともやり切れない。障害者からみて長い間そのことにひっかかっていた。

併《しか》し単純に考えると飛行兵も鉄の檻に閉じ込められ、計器や武器やハイテク機器に全身が拘束され、僅《わず》かに動かせるのは眼球しかなかった非人間的状況は、その時は少なくとも完全に全身が動かぬ重い障害者だった筈《はず》だ。

全身が動かぬ不便さの中での平等の希求、そのことがなければ生まれなかったであろう進歩とは……救いであるべき筈《はず》なのに何と重いものなのだろう。

けれどハイテクを駆使し元気に挨拶する鎌田さんをみて拭《ふ》っきれた。

彼は全身が動かなくなった今も、ハイテクを支えにアイガモ農法を実践し、アイガモ米やアイガモ肉販売をホームページに立ちあげ「今も現役百姓」と胸を張る。

三年の生命と告知されたが「生きていてほしい」といってくれた妻や、事業を助けてくれる仲間達に感謝します。ありがとうございました——とスクリーンにお礼の文字言葉をピチピチと走らせたのだった。

長いパソコン挨拶が終ると、そばにいた奥さんが深々とおじぎをされた。

暖い拍手がどっとわいた。

あいさつおっちゃん

小学生が賑《にぎ》やかに登校している。

その校門のそばで白髪のおっちゃんが、腰を折り屈《かが》め満面の笑みを浮かべあいさつしている。なのに子ども達は全然無視して反応の気配がちっともない。その一枚の写真からやるせない波紋が頬を打った。それはナマ暖かくちょっぴり崇高な風であった。

盟友あきたかしが一人、小学校の校門に毎朝立ち「おはよう！」のあいさつ運動を始めていた。彼は『あいさつソング四曲集』を企画作曲吹込制作した。詞はボクが担当した。今の社会に一番欠けているものは人間の暖いあいさつではないか。彼は広島の民放局を定年退職し、あいさつ運動に力を入れていた。

その彼が突如広島を離れてしまった。奥さんの実家泉佐野市の母の介護のためだと聞いた。それから暫《しばら》くたってから『両輪』という教育研究誌のコピーを受取った。一気に読み、ウーン……

『校門に一人立つ。朝のあいさつ声かけ運動』とある。凄い、彼はやっていた。知友のいない転居先で……以下はその日記風記録の要約である。

当初はあいさつ運動として校長・ＰＴＡ会長に相談し、それではと新学期の交通安全運動にＰＴＡと一緒に校門に立つことになった。交通安全終了後は一人で校門に立ち、「おはよう！」のあいさつを続けた。初め頃はみんな辱《はずか》しそうに関わりない——といった表情で通り過ぎる。あいさつは心のキャッチボールだ。とにかく投げないと始まらない。「シラガジジー」というわんぱく小僧もいた。けど日を重ねるごとのその反応の変化が素晴らしい。

4月22日　添え木をした男の子が「今日、はずすのだ」と嬉しそう。

4月24日　「糸を抜いたよ、ホラ」とジャンプしてみせた。

5月8日　「おっちゃん、昨日なんでおらんかった」「東京へ出張してたよ」

5月9日　「先生、うちの子がいじめにあっとるんですが」一年生の男の子を連れたお母さんから先生と間違えられた。とにかく担任の先生のところへ……

5月15日　下校どき家の前にいたら子ども達が声をかけてくれた。これはしめしめ、庭まで入ってきて奥さん見せてくれという。妻も交えて歓談した。

5月22日　いじめの訴えのあった子のこと校長にメール。校長から電話あり、あの現象は単なるいたずらだったこと、よかった。

5月29日　ソフトボールの好きな女の子遅刻。「お母さん病気、家事の手伝いしてた」「エライ」と励ます。

6月11日　「オッハー」がはやる。まねる子に正しく「おはよう」をいうようにいう。

6月14日　大阪教育大付属の児童殺傷事件の後なら校門に立てなかったろう。

6月27日　バッタの入ったケースを持った子。「餌は何?」「ご飯でもパンでも」「じゃ味噌汁もか」といったら大笑いになった。

こうして子どもと急に仲よしになり学級の音楽会にも招待された。まちでも子ども達にワーッと囲まれる。今は広島での失ったものにあまりあるという。あいさつおっちゃんに明るい陽がさした。

彼は更に一段と高い次元の交流が出来ないものかと考えてる。

例えば『あいさつシティ泉佐野市構想』。

35　あいさつおっちゃん

コーチン

コーチン二羽が我が家の住人になった。

初めて卵を産んだとき激しくケケケと啼いた。その異常な雰囲気にびっくり、みんな鶏舎に集った。「偉かった偉かった」とほめると誇らしげに首を伸ばし胸を張る。

「ホラ、まだ温いわよ」赤茶のスベスベした卵を家中の者が撫で合う。

「一番はお婆ちゃんに食べて貰いましょうね」百二才のお婆ちゃんに早速初卵の目玉焼きが作られた。

「いい卵よ。みてェー、黄身が大きくコロッとして崩れない」どれどれ、ほんとだ市販のより確かに違う、立派だ。産地直送だもんナ。

正に産みたてのホヤホヤ。このホヤホヤが僕らの口に入るのは暫《しばら》く日数がかかった。

子ども達がこのホヤホヤにありつこうと、コーチンの世話を競ってし始めたのだ。まず鶏舎の掃除、糞を塵取りでとり畠に棄てる。井戸水を汲んで運ぶ、農協の養鶏餌料（肉骨粉は使用していません）を与えたり愉しそうにイキイキと世話をするのだった。勿論《もちろん》、その都度《つど》報酬に産みたて卵を一個貰《もら》い、両手でそっと大切そうに持ち帰った。

鶏舎の戸を開いた途端《とたん》二羽のコーチンは猛然とダッシュして外に飛び出す。嬉しそうに尻ふりながら目ざす畠に一直線だ。

ここは小さいけど土と草と野菜がある。隣りの庭園を走りぬけ隣りの隣りの畠にのぼって大根や広島菜をついばみいつ迄も帰って来ない。その様子を眺めながら「可愛いわねぇ」と隣りの隣りの和子おばちゃんは優しい目を細めた。

ホヤホヤ卵は近所にも一個ずつ産まれるたび配って喜ばれた。なかでも独り住まいの浜野さんはその卵に頬ずりして泪を流された。

「まァいじらしい……まだ暖かいわよ。一生懸命産んでくれたのね。ありがとうありがとう、小さな躰《からだ》でこんな大きい卵を……ようがんばった……」と声をつまらして泣かれたのであった。あの気丈なおばちゃんを泣かしたということに、ボクらは卵のもつ力に感動したものだった。

毎日二羽が産むようになり、漸《ようや》くボクの口にも入るようになったが「あんたコレステロールのとりすぎ駄目よ」

畠で遊び回るのはいいけど、絶えず見張ってないと、いつ野良猫や犬に襲われるやもしれん。隣りの隣りのおじちゃんは心得たもので、たっぷり遊ばせてから一羽を掴んで鶏舎に持って帰る。そうするともう一羽は遅れじとついて帰るのだ。そのうち自分で鶏舎に帰って来るようになった。

それにしても最近随分《ずいぶん》太って堂々とした躰《からだ》つきになった。以前は野良猫に襲われ逃げ回ってたけど、今は猫の方が遠回りして避けて通るからおかしい。犬が幾《いく》ら吠えても悠々としていて、コーチンはどうも自分を鶏だと思ってないふしがある。アトリエが好きでよく入って来て、積上げた色紙や絵ハガキの上にとび乗《の》り掻き散らして帰る。

朝寝坊のボクの寝室の硝子戸を嘴でコツコツと叩いて、まだ寝とるんかァーと首をひねってみている。このおっちゃん、三年寝太郎とちゃうか……わかったわかったと外に出ると慌てて逃げていく。からかわれているのだ。コーチンにふり回され支配される時代がくるのかなァ、それもまァいいか……

やさしいあの隣りの隣りの和子おばちゃんが急死した。その後ひとりぼっちになったノッポのおじちゃんの足もとに、二羽がどこまでもつきまとっている。

哲ちゃん

哲ちゃんに会いたい。会いたい。

矢もたまらず会いたくて突進した。かの作詞家星野哲郎をボクは心の中でずっと、哲ちゃん！哲ちゃん！　生きてるうちに一度会いに行くぞーと呼び続けてた。

ひとには離れていても共に生き続けてる温もりみたいなもの、あるような気がするんだなァ……その温もりは五十年前に始まった歌作りにあった。これはボクのきわめて勝手な思い込みかもしれないけど……

広島で全日本作詞家協会の総会があった。会場に駆けつけ「ヤァーヤァーヤァー……」何の説明もいらなかった。哲ちゃんの大きな掌が熱かった。五十年の空間が一瞬とんだ。

あのボロボロの敗戦後の青春。流行歌が流れていた。絶望と混沌の若者に歌は救世主だった。哲ちゃんは商船学校を出て療養中、船長のような高給とりめざして作詞家になるんだと励み、お母さんは幼稚園の先生をして助けたわ。そんな話を山口の古老のひとからきいた。

詩の好きなボクらの前に作詞家の登竜門、コロムビアの課題曲歌詞募集があった。ボクも貰ったことがあるが当時入選三万円也。こりゃ凄い。副賞にコロムビアステレオ四脚ボックスの電蓄がドーンときた。哲ちゃんは何と二編入選。しかも当代一の歌手美空ひばりが歌ったのだ。

「哲ちゃん！　やったぞーッ」ボクは彼《か》の突出した才能に胸を熱くした。それから上京、石本美由紀氏を頼ってコロムビア専属作詞家になった。この快挙は動けないボクを満足させた。軈《やが》て新レコード会社クラウンに移籍、プロ作詞家の道をまっしぐら……その姿は雑誌や新聞、ラジオ、テレビなどから頻繁にみえた。

美しい女性と結婚。日頃思いついた言葉をメモして書きため、小さな引出しに奥さんが整理されていた。困ったときその中の言葉を選んで作詞するのだとテレビで話していた。

北島三郎が歌った「……がまんできなかったヨー」のフレーズは喫茶店でトイレががまんできなかったとき思わず出た言葉だとみんなを笑わしてた。

水前寺清子が〝三百六十五歩のマーチ〟以来、

「ねェ先生、早く次の歌作って下さいよ」

「うん、うん、そうやなァ……」

高橋竹山師匠の本で感激、作詞化しサブやんが熱唱した〝じょんがら北海節〟の話をされていた。その竹山師匠が亡くなられる前に会いに行かれたという話。作詞大賞〝年輪〟などの感動は枚挙にいとまがない。

拙作福井国体の歌〝この明るさの中をゆけ〟が入選したとき選者だった哲ちゃんが、この作者は歩けないよと知らせて下さったお蔭で、役所から特別招待大歓迎をうけ、芦原温泉観光まで戴いた。

今回、勲三等瑞宝賞受賞祝賀パーティの挨拶の中にも、懸賞作詞時代のことに触れられたときいた。

市の教育委員会に推されたとか、マスコミの人物好感度ナンバーワンだとか「古里はいいなァー」という名セリフなど、いつ迄《まで》も暖かい風が伝わってくる。嘗《か》って一世を風靡した西条八十。佐伯孝夫。藤浦洸にはない星野哲郎のひと味違ったものは何だろう。ひとことといって人間臭い温かみだろうか。包み込むような茫洋としたものがいい。

五十年前のあの頃の温みを大切にいつ迄《まで》も持ち続ける稀有の作詞家を、今もボクは哲ちゃん哲ちゃんという……
やっと生きてるうちに会えた。
よかったよかった。
嬉しかったよ。
哲ちゃん！

カオルさんの白い手

池田カオルさんの白い細いしなやかな両手の動きは蜘蛛の糸にみえた。次々と吹き出る糸で音をたぐり寄せる見事な手さばきに息を呑《の》んだ。

今年も「ありがとうお母さん合唱コンクール」があった。カオルさんは四十数人の女性コーラス「ハミング・バード」や「ポピー」の指揮者だ。その日の彼女はノースリーブのドレスでスラリと露出した両腕が白く眩しかった。年輩の白髪もまじる女性達が全員大きな口をあけカオルさんの指先を追って餌を求める雛のように揺れ動いた。少しケバケバしいグリーンのロングスカートの群列はハーモニーの中に微笑みと或《あ》る種の不思議な品格をかもしていた。

カオルさんは広島合唱団「ある」のメンバーである。「ある」は全国大会で毎回金賞を貰《もら》って帰る有名な合唱団だ。

いつも演奏会などをみるたびカオルさんの活躍振りには愕《おどろ》かされる。ピアノを叩き歌いまくり頻繁に衣装を替えステージを走り回っていた。

カオルさんの父は早稲田神社の宮司で、彼女は祭礼には袴姿で太鼓を叩いたり笛を吹いたりしている。神社という和楽と洋楽の合唱で日常とび回っているのだった。

指揮者のことについてボクは気になることがあり、コンクールの審査の先生に無躾な質問をしたことがある。

○指揮の手振りに個性があり、その魅力は採点の評価にならないのかしら。

○オケには棒を振るけどコーラスには何故《なぜ》棒を使わないのかしら。

○指揮者はいつ迄《まで》背中ばかりみせるのかしら。(正面の表情をスクリーンにみせたらいい)

○出演者はステージ美に力こめてるけど舞台美も採点にならないのかしら。

先生方はボクの愚問に一笑された。飽く迄《まで》音楽だけを審査の対象にするのだそうだ。指揮者がいなくても演奏は続けられるのではないか。楽師は譜面ばかりみて殆んど指揮者をみてない。過日、オニエック大阪の演奏会でオーケストラの演奏中に指揮者が倒れ仰向けになったが演奏は指揮なしで最後迄《まで》続いたそうだ。これは現代のリーダーを皮肉った演出だと新聞に書かれていた。

これに似たようなことが昔NHKTVの音楽番組にあった。作家の遠藤周作が一生に一度やってみたかったと真剣な表情でオケのタクトを振った。終了後楽団員らの爆笑で先生はテレなさった。

指揮者が芸術していく。その先頭を斬りひらいたのは世界的な小沢征彌だろう。あの長髪を獅子のようにふり乱し、全身で驀進していく姿に観衆はみる音楽の芸術を知った。

「ええ、カオル先生はとても教え上手なの、私みたいなお婆ちゃんでも凄くやさしく指導して下さるのよ。歌えなくて、口をパクパクしただけで、ごめんなさいといったら、いいえ、ちゃんと歌ってたわよ。声がきこえたわ……ですって……感激しちゃった。だから会員がどんどんふえちゃって、今じゃ六十人位かしら、もう制限してるってよ。そう、先生お歌も上手なのよ。なのにちっとも威張らなくて……」

会員の浜野婦人はポッと頬を染め喋《しゃべ》った。

あちこちコーラス指導をかけもちされ多忙のカオルさんとゆっくり話をする間がない。お嬢さんに「お母さん、何してる？」と訊いたら笑って「ラララー！　歌ってるよ」ハハハ、そうかそうか、日常音楽を引っ張ってるんだ。少なくとも音に引き摺られるのではなくそれを引っ張ってるひとなのだ。

おもって

トンボも泳ぐよ

「トンボも泳ぐよ。水を飲むためじゃなくて川で泳ぐんだってー」

正木まりこさんが興奮して電話をくれた。「そうか、そりゃいい、ありがとう。絵になるよ」

ボクは嬉しくなった。既《すで》に描いていた画面にトンボも一緒に泳いでるのを描き込んだ。水の妖精ララちゃん、こぐまのクロちゃん、エンコウ（カッパ）やカエル、アユにアマゴ、アメンボ、メダカもみんなジャブジャブ泳ぎまくっている。ジャブジャブ池の場面だ。

今回、川をテーマにした絵本『こぐまの冒険』の絵を描かせて貰《もら》った。これは国土交通省中国地方整備局山口工事事務所発行となっている。長い名称だが、要するに国土省の、子ども達に川をもっと愉しいものにという啓発が目的で『きらら博』にも活用ということで、ボクらは勢いがついた。それにしても最近の川に対峙する認識の変化に愕《おど》く。従来の冷たいコンクリートの護岸が自然石に近い景色になった。確かに、川は危険だ近よるな、から、川の愉しさ美しさを大切にしよう、という共生の感覚になった。緑と水面が接近しているヨーロッパに近づいている。

『広宣』に勤めているまりこさんを知ったのは、女学院の可愛い生徒さんの頃だった。文化祭にボクの絵本がカワイイといって求められた。あれからバリバリと素晴らしい仕事をこなされている。お陰で今回もご縁を得た。

物語の川は山口県の佐波川《さばがわ》だ。

川の源流三つが峰あたりでこぐまのクロちゃんが笹舟を流した。そこへ水の妖精ララちゃんが現れ、笹舟を魔法の杖で大きくしてクロちゃんと川下りを始める。ダム貯水池付近にくると愛鳥林の小鳥達の歌の大歓迎にあう。ウグイス、メジロ、セキレイ、オオルリ、シジュウカラ、カワセミ……ああ愉しいね。けど川は愉しいことばかりじゃないよ。うん、豪雨の悪魔がキバむいて襲いかかる場面挿入しなくちゃ……そうね、満杯のダムから放流された水がゴオーッと荒れ狂って走り出すのよ。サイレンが一斉に鳴り下流に危険を報知するの、その時ララちゃんの笹舟はエイヤーッとばかり魔法使って空中へ翔び出し脱出するんだ。そりゃいいねェ。

中流の赤岩《あかいわ》の渕《ふち》ではアユの群と出合う。アユはキウリウオというのだそうだ。味もかたちも色も胡瓜に似てる。成る程勉強になった。トンボは水中から蛹《さなぎ》になり、這い上がって脱皮するが、螢の卵は砂の中で虫の時は水中で泳ぎ蛹《さなぎ》になるそうだ。つまり引越が多い容変昆虫だ。勉強になった。

徳地《とくち》町の伝説『川渡り餅』にはドキッとした。子どもが川を渡る時エンコウ（河童）が出てきてお尻から手を突込み臓腑《はらわた》を引っ張り出して食べたという。この川を渡る時はお餅を持ってゆきなはれ、そして川に投げるとエンコウが喜んで食べるけぇ、その間にとっとと逃げなはれ……という噺《はなし》は如何にも川が生きものらしくナマナマしい。昔の人の川と共生する魂が伝わってくる。これも勉強になった。

岩石ごろごろの源流には熊笹やシダが、中流からシダは消えアシに変り、河口のサイクロードにはつつじが一杯《いっぱい》咲くのよ。ハイハイ、次々と勉強になった。うん、ララちゃん達もサイクリングさせよう。クロちゃんはマンテンバイクでね。可愛いなァ、ランランラン……ゆくての空に虹も描こうッと……

まりこさんの川のしめくくりは匂いだった。「山から海へ旅すると、風の匂いが違うでしょう……さァ、これで冒険おしまい。またあそぼうね」

51　トンボも泳ぐよ

音色心情

「人と同じじゃなくてもいい。息子も夫婦もそして自分も——これは長男の精神の病いとの戦いで壊れた家庭を十年かかって取戻した老医師夫妻の言葉です」

「長女が発病して四年。つらい日々の中、〃あゆみ会〃で同じ悩みを持っておられる方に出会いスーッと気持ちが軽くなり救われました。長女と、それ以上に私自身をもっと大切にしていこうと思うようになりました」

或日《あるひ》、突然期待していた子どもが発病し、一家がどん底に突き墜《おと》される話が沢山ある。送られた〃あゆみ会だより〃にはこんなギラギラするような生命のメッセージがちりばめてあった。安佐北区精神障害者家族会からである。「長男の臓器を次男へ、生体肝移植が他人ごとでなく自分の家族にもおきた。自分ら夫婦は年令制限のため移植者になれない。弟のために手術台にのると決意した長男の兄弟愛が愛しく泪にむせんでいる」

という会員のメッセージもあった。これらの生命はもはや家族だけでは支え切れない、個の家族を越え社会というファミリーが引きつがないと……安佐南区の三つの作業所が総合福祉センター設立法人化をめざし立上がった。

当面目標基金五千万円をめざし、一人千円五万人運動を展開しコンサートなどで呼びかけた。ボクも応援に駈けつけた。会場は物凄い生命のマグマが噴出した感じで、ひとと音楽がぶつかり爆発した。

服部くんの尺八を聴いてると、ちぎれた生命の懊悩がある。深い何処かで貴位と粗野のため池があってそこから吹きとぶ霧になった。彼とは十年近く音信不通だった。広島の市内に出てきたことは風の便《たより》で知っていた。〝ぜんかれん〟という雑誌の便り欄にT・Hの匿名の投稿があった。服部くんだァとピンときた。すぐに逢いたかったが何か都合が悪いことでもあるのかも知れぬ。悶々としてると彼の方から電話があり、釣ったアマゴを持ってヤーヤーととんできた。彼は今迄《まで》の出来ごとを勇敢に洗いざらし喋ってスーッとしたと笑った。

長男の大学入試のこと、突然発病、それから彼の人生は息子の病いと向き合うことに費やされる。大学の精神科通院のため市内へ思いきって転居。妻とマツダに就職している二男と家族がひとつになって長男の生命の回生をたすけた。長男の病いは家族の愛と医学で今ではすっかり快復し近くの会社に就職、パソコンプログラマーとして励んでいる。

こうして服部夫妻は家族会を知ってよかった。心から励ましあえる。よかったよかった。眼鏡が泪で曇った。ボクが出来ることなら何でもするよ。それなら家族会の皆さんにエールを送って欲しい。服部くんの尺八とボクの詩の朗読をやろう。「新しい朝を引っ張る母さん達」これでいこう。当日、会が栽培した薩摩芋パーティーもあり美味しく愉しい会になった。

そうか、彼は尺八で鬱積した気を飄々と吐き出してたのだ。十年、誰にも話せなかった苦悩が痛い程《ほど》解る。彼は群をぬく高校数学教師の道を歩み、最後の校長の任期から解放された矢先だった。

先日、国民文化祭広島邦楽大演奏会に招かれた。百才で有名な人間国宝島原帆《はん》山さんが、少し弱々しい足だけどしっかり指揮をなさってた。服部くんはその袴軍団にまじって吹いていた。個の吐く息は消え晴朗とした磨かれた音だけが聞こえた。それは完成された音楽の絵巻にみえた。それは又それで人間という音が整然とひとつに浄化され響きわたるのも悪くはない。

何故かホッとし安心した。

救え植物！　人と樹の会

「暮れに葉牡丹八百個栽培したのに注文主から不用といわれた。八百個もだよ。こりゃどうにかならんか……こんな話耳にしたらじっとしとられん性分で、わしゃすぐにみに行ったよ。

紅や紫の葉牡丹がふるえて助けてぇといっとった。農家に処分はちょっと待って貰《もら》いこの嫁入り先を必死で捜し回ったよ。やっとのことで町が二〇〇一年の花文字を高速の土手に植込む話になってのう、わしも手伝って暮れギリギリに間に合わせたでぇ。八百個の葉牡丹がよう、二〇〇一年の元旦イキイキとして笑っとったよ。そりゃ農家も喜んでくれたでぇ、大損するとこやったけぇのう……わしら、植物の生命、危ないときいたら、ここんとこがキュンとやり切れんようになる性分でのう」

「人と樹の会」のリーダー藤田若司《わかじ》さんは胸をさすって笑った。この会は樹木好きの人が集まって休日に荒廃した里山の手入れ伐採、下刈、間伐、斬出しをボランティアでやっている会である。マスコミにも報道されあちこちから依頼が続出している。

「なんじゃもんじゃ」の樹が道路造成のため斬られるとの情報を受け、それゆけッと藤田さん、樹木医の堀口力《ほりぐちつとむ》さんらと珍しい白い花の咲くこの樹の貰い手を捜し、トラックで運び慎重に植えかえをした。みんなの拍手の中、ああよかったと藤田さん、用意した酒を長生きしろよといいながら泪と一緒に樹に注ぐのだった。

メンバーの職業は樹木医、元農林省の職員、教師、郵便局長や弁護士とさまざまだ。当の藤田さんは町の文房具屋さん。最近パソコンまで販売するようになり、その操作指導で走り回ってるのだそうだ。ここではみんな、衣を脱ぎ棄てた植物を救う心の集団となって無償の汗を流す。今どき得られない人間的なナマナマしい欣びを共有している。

藤田さんが呼びかけると、メンバーはどんな重労働が待ち受けているのか頓着なしに、面白がってクルマをとばし駆けつけた。これに応《こた》えて藤田さんは、仲間が愉しく作業出来《でき》るようにきめこまやかに準備を整えてるのが解る。鍋バーベキュー道具、素麺、うどん、大根、白菜の食材からコーヒー、ビール、調味料まで、まるでクルマはキャンピングカーみたいに詰め込まれているのだ。

57　救え植物！　人と樹の会

「ピカドンたけやぶ」の枯竹伐採斬出し作業が今年もあった。一時枯渇寸前を児童文学者大川悦生《おおかわえつお》先生が被爆樹木の取材に来られびっくり、樹木医堀口力さんになんとか蘇生をと依頼された。堀口さんが地域センターに協力要請し「たけやぶ恩返しの会」が立上がった。「人と樹の会」も参加し、みんな尊い汗を流され枯竹薮を復元させたのだった。

今年は急な呼びかけだったが女性三人男性六人総勢九人集まった。ひと汗かいた後の昼食には愉しい話の花が咲く。いつも夫婦で参加している横見さんがいった。

「その日の会費五百円出してよォ、手弁当でよォ、ビール一缶貰や別に二百円戴きますとくらァ、ガソリン使って軽トラックでとんで来て働いて服汚してクタクタに帰りゃそのままバタンキューじゃ。若いのが、爺ちゃんら何しよるねん！　ボランティアもやおうない。ワッハハ」「あんた家におってもごろごろ何もせんけぇボランティアした方がええよ。さァ行こういうたら急にニコニコするんじゃけぇー」

藤田さんは目もとを赤くしてる。ビールのせいばかりじゃあるまい。

こうして伐採した枯竹は持帰られドラム缶で焼き「ピカドン竹炭」や「竹炭酢」に生まれかわる。焼くときの煙にまじって出る液体が、虫よけや皮膚に薬効あり最近好評だそうだ。

藤田さんは生命をとことん迄《まで》大切になさってる。

母の笑顔

母さんがおなかをかかえガッハハと笑ってる。背中の子が柳の葉をコチョコチョしてる。そばの女の子も仔犬も青い空気も柳の若葉も舞い上り渦巻いている。このとき母子の体内の血液も屹度《きっと》風になり豪快な音をたてるのに違いない。

題名「くすぐったいわ」拙作八十号の絵が、そこだけパッとライトアップされひときわ明るかった。

今回の三越広島展は「母の笑顔」をテーマに描いて四十点の笑顔をみて貰《もら》った。入観者はいきなりワーッと笑い、会場は笑顔満開となった。

「どうして今、笑顔なのですか」

「ハイ、母を長く描き続けて思ったんです。ボクらに執《と》って昭和をひとことでいったら、この〝絣ともんぺの母物語〟ではないかと……あの戦争でしょう、惨憺たる引揚げでしょう、夫を亡くし食べ盛りの四人の子と障害児をかかえ、原爆、そして火災、長男の戦死でしょう……当時の女性はみな同じ状況だったと思うけど、世の男どもの無謀な失敗の後始末を黙々と雑巾がけしたのよね。これが日本の女という昭和の母だったのよ。

けど、どんなに疲労困憊したときも不安に脅えて出迎える幼いボクらの前に観音さまに似たあの微笑みがあったのよ。母さんは帰ってくれたじゃん。その安堵感——そうです、ボクらにふり注ぐ巨《おお》らかな寛容と希望と救いがあの母の笑顔にありましたよ。

二十一世紀、持っていくもの一点選ぶとしたら絶対母の笑顔——ですよ。進歩はこの明るい暖かいものをどうして棄てていこうとしてるのですかねえ……」

「うーん……はらさんにお母さんのことといわれると胸詰まってもう何もいえないよ……」

と会場の若い男性がいった。

うん、そうかそうか、余りいい過ぎてもこりゃあかんなァ……けどボクは、母って凄いもんだよ、母のもつその切実観、良心、悲哀、悔恨、親不孝の負い目を拭しょくし越えたものがある。そのこと伝えたかったのよね。

母というものは本来もっともっと子の心の内部に接近したいのだよ。頑張ろうね！　っていいたいのよ。世の中面白いよ。生きてるって素晴らしいのよ。この世の生命って、どの子

61　母の笑顔

もどの子も可愛いわよ、ね、そういいたがってる。それが母というもんさ、二十世紀、只管《ひたすら》俯《うつ》向《む》き必死に闘い続けた母がニコッと顔をあげ新しい世紀に立つ。

ボクは今回の作品のしめくくりとして、母子が並んでヨーイドンしてる詩画を描いた。子どもだけが先に進むのではない。母親だけが先に行くのでもない。二十一世紀は再《ふたた》びこの母子が一体になって同じスタートラインに立つときなのよ、ねッ！

母と一緒にヨーイドン
生きる足踏みが一斉に揃って
風もひとつになってヨーイドン
歓喜が一気に加速しました

会場でキャッキャッと笑ってみてる母子づれの声がきこえた。

臍から手へ

最近少年問題が多発してるけど、何故かお母さんが表面に出ないね。お母さんどうなってるんだろ……

「ですね。お母さんの影が薄い。今だからお母さん！　ですよ。」

今だから――ゼロワンの石井誠治さんがピロンといった。ウーン……このピロンに参った。

それから暫くして、

「はらさん決めましたよ。今だからお母さん！　巡回展です。はらさんの絵を見て講演をきいて母子の大切さを学ぶのです。それで二十五市町村の教育委員会に呼びかけＯＫ出ました。二年がかりの事業ですよ」

そんなァ……ピロンと出た言葉がこんなことになるとは。ひと来るかなァ……

「絶対です。はらさんのライブトークつきですから内容がウーンと濃いです。ところで母子の大切なもの何だと思います？」

臍だよ。生まれる前から繋《つな》がってた。それから手だね。母子はしっかり手と手で繋《つな》がってる。フランスではお母さん達、子どもの手をしっかり握って歩いてたよ。子どもはまるで宝物という感じね。年頃になると握る相手が違ってくるけど、ハハハ。

「ですね。お母さんの大切さ解《わか》ってても、お母さんである以前に人権が問題になってる」

そうそう、女性という理由で一方的に母を押しつけるのはいけない。エプロンがセクハラだといわれ唖然としちゃった……

「そりゃないですよ。はらさんの母さんの絵、絣ともんぺにエプロンとっちゃ絵になりませんよ」

もっと重要な母という新しい生命を生み育くむ巨大な海みたいなもの……観念としての壮大な宇宙的倫理像が崩されてしまう……どうなっていくの、遺伝子、クローン羊、次々ある。

「ですね。なにせ胎外受精した生命を女性の腹に入れ十ケ月後切開出産させる話……文明が悪です。女性を経済社会のエネルギーに換算して働け働けー」

でも働くお母さんっていいよ。キラキラ輝いているもんね。劇場で、ホテルで、市場で、

飛び回ってる。

「ですから忙しいお母さんの代行商品がどっと売れる。進歩は、お母さんを棄てることだと誤解してますよ。一番弱い子どもの手は何処に向けたらいいの……」

ということで二年に及ぶ巡回展が行われた。何処でも農村婦人が多勢集まりその熱気にボクは圧倒されどうしだった。今だからお母さん！　はお母さん方の内部で待ってましたァーッとばかり反応したのだ。

その頃テレビで、コソボ難民の群に痩せた小さな子を抱きしめて彷徨《さまよ》う母の必死の手をみた。母と子の生きる極限の絆がこの痩せた手と手だった。

講演の後それぞれ母の思い出を会場の人達に語って貰った。

ひとりの女性の話。それは敗戦直後のこと。村に米軍のジープが突然現れた。咄嗟に幼かった私の手を母はちぎれる程強く掴んで森の奥に逃げ込んだ。あのときの母の熱い手の感触が忘れられません。今、母は私の手に身をゆだね齢老いて寝たきりになっています。私はその母の細い手を握りしめ撫でながら何度も昔を思い出して泪しています。

母という愛しい女の強い絆……それは母と子の手と手だった。

ピロン感覚ではとてもいいつくせない深いものがある。

手話は芸術だ

トクちゃんは耳がきこえません。

ろう学校の三年生です。兄やんも耳がきこえません。兄やんは家を助けるためにろう学校へ行かず大工になります。二十に徴兵検査のとき「貴サマッ！　きこえんふりして徴兵忌避する気カァッ!!」と軍人に殴られ半殺しのめにあいます。

戦中ろう学校の卒業生は全員徴兵免除でした。理由は頗《すこぶ》る簡単、命令が伝わらないからです。

父は病死。母は軍需工場へ。姉は宇品の陸軍病院へ。トクちゃんは小さいながら留守をまもり台所の用事をしていました。

トクちゃんのろう学校は遠い吉田町のお寺に学童疎開していました。先生が何度もやって来てヒロシマに居ると空襲で殺されるよ、早く吉田へ来るようにと誘いました。けどトクちゃんは大の仲好しの犬のシロと別れるのならイヤだといいはります。

その時、ピカッ！　と物凄い閃光が走り、ドドーン!!　と山を吹きとばすような強烈な音がして、熱風のかたまりがまちをつっ走りました。気がつくとトクちゃんは崩れた壁の隙間にいて助かっていました。

恐る恐るトクちゃんは外に這い出して呆然とします。今までみたこともない地獄のような阿鼻叫喚の光景に放り出されたのです。しかもこの恐怖を超えて迫ってくる全く音のない不気味な深い深い不安感……

これが今回書きおろしたミュージカル手話劇のあら筋である。今迄《まで》原爆をテーマにしたものは出し盡《つ》くされてるけど、この聴覚障害の立場からみたものはなかった。この音のない恐怖に叩き込まれた底知れぬ不安もキッチリ刻んでおかないと、ほんとのヒロシマを語ったことにならぬ。

これは絶対ミュージカルだと考えた。音のない世界が何故ミュージカルなのか。〝手話〟がある。手話は鮮烈な手の音楽なのだ。

作曲家のあきたかしに思いを語り協力を願った。竹中教子《たけなかみちこ》のグループ（とっておきの芸術祭inひろしま）に出演を持ちかけると即刻O・Kがでた。竹中さんは聴覚障害者で、車椅子だが手話指導やジャズサイズなど活発な活動を展開していた。彼らも原爆はいずれ取組むべきテーマだったという。

発表の場は「ヒロシマ将来世代フォーラム八月六日」というイベントで国際会議場のフェニックスホールだった。与えられた時間は僅《わず》か十五分。それも日数が迫って三日しか練習が出来《でき》ない。それだけに熱がこもった。

練習中いろいろな壁に直面した。音楽と手話と身体演技がワンテンポずれて間がのびる。これが一般観客にみせる劇として問題になった。仲川文江さんの演出がよかった。ろうの立場からやり易いように脚本は何度も書き直された。当初の表現媒体はナレーションに寄りかかり過ぎだったのだ。

兄やん役の梶原豊幸《とよゆき》くんは、音楽がきこえないので絶えず目を周囲の動きで察知しようとキョロキョロする。仲川さんが舞台隅から手話で指示をとばすがどうしてもずれが出る。こうなると梶原くんが兄やんになり切り、自ら歌う手話行動をおこして周りを引張るしかないと厳しい努力を促《うなが》すのだった。梶原くんの真摯な目がキラッと光った。

きこえない世界から／きこえるものきいてください／ほんとの言葉とほんとの平和を／橋がおちる／大地が裂ける／川が燃える／なのに／きこえないきこえない／この怖ろしい風景が／シーンと静かだ

全身火傷でボロボロの／幽霊が歩いていた幽霊が歩いていた／おろおろのろのろ

燃え狂うまっ赤なライトを浴び被爆者の群が彷徨《さまよ》うシーンに迫力があった。一転し焼土に家を建てる兄やんと手伝うトクちゃんの再生の姿。そして圧巻は総出演したフィナーレの「きこえない世界から」の手話コーラスだった。そこには手話という言葉の記号を超え、心に打ち寄せる巨大な波のような手の音楽という芸術があった。

手話は芸術だァ……観客は異様な美に息をのんだ。

暫《しばら》くして大きな拍手が湧き興った。

ぬくもり繁華譚

一年でなんと村の財政の二倍の収益があったという。君田《きみた》村の温泉大成功のニュースが新聞に大きく報道されていた。

あれから二年目、入浴者数は減るどころか増加の一途を辿ってるのだそうだ。このところ近辺の中山間地町村では、雨後の筍のようにあちこちと軒並み温泉レジャー施設を造成して村おこしにヤッキになっている。

その中でも君田村は郡を抜いてアッというまにトップの座を独走していく。この秘密は何だろう……

ボクはひとだと思った。只《ただ》作りゃいいというもんじゃなかろう。やったやったで新施設のピカピカがすぐガラガラというのが殆《ほとん》どなのだ。

若い企画課の古川充《こがわみつる》くんのアイデアと積極性はスカッとした味がある。こりゃリンゴの味だ。

　そうか、彼は青森出身だった。彼がまたどうして広島の県北の住人になったんやろ、うん、そのわけは奥さんにおめにかかってボクなりに納得した。まるでリンゴじゃん、まっ赤な頬っぺが笑ってる。ふっくら丸くて可愛い。この君田のリンゴに応えて青森のどさんこが粘りと燦き《きらめ》を注ぎ各地の温泉施設を巡り、徹底した調査と緻密な計算で素晴らしい人気の温泉郷を一気に構築してしまった。その爽快さ……

　もうひとりのひとが目に浮かぶ。松田幸三支配人の顔だ。笑顔がいい。いつも玄関で深々と頭をさげ客を送迎する。この全身で微笑むまあるいかたちから発信する、暖かいぬくもり溢れる笑顔は、誰も一度浴びると二度と忘れられないだろう。

　遠路はるばるバスに揺られてやって来る疲れた重い足の団体さんは、この大らかで布袋さんのような笑顔に抱かれ迎えられる。やれやれ来てよかったよかったとみんなホッとするのだ。それはまるで極楽に来たような明るさと華やかさに充ちている。これが一時的現象でなくなっているのに愕きがある。

　温泉が今やレジャーを超え、生活の癒しとしての庶民的な銭湯感覚の吸引と連続的日常性を持つ。それは創るひと達の土着、母さん、古里志向が多分に大切な要因になってると思われる。人生でひとびとの目的は、みんな母に向って会いにいこうとしてるのを感じるからだ。勿論《もちろん》、温泉には湯質の効用が重要なことはいうまでもないが、ここは〝美人になります〟というふれ込みもよかったか、若い女性達にもワーッという人気を呼んでる。ゴールデンウィークなどは連日二千人の日が続いたというから物凄い。ボクも湯に入ってみたいが何しろ芋の子を洗うようで、はらさんなんかとても入らりゃしませんという話だった。

ヤレヤレ、ひとはどうしてこんなに温泉が好きなんだろう……

「そりゃ解ったことじゃんか。母さんに抱かれたいからだよ。甘ったれと思うけど、年をとりゃとる程あのほんわかしたやるせない母さんのぬくもり恋しゆうなるんじゃよ」

「それそれ、是非はらさんに来て貰って、皆さんにその話してください」

ということになり、やっと待望の君田温泉〝森の泉〟を訪れることが出来《でき》た。演題は『母さんのぬくもり』。

ともあれ話の前にひと風呂浴びなくちゃと、作曲家あきたかしさんと古川くんに介助して貰って裸になり、ぞろぞろとひとのナマ足の林をくぐって這った。湯槽には二人にかかえて貰った。湯気と泡と笑顔が重なりあってわあんわあん音たててた。成程名湯だ。皮膚がキュンキュンと鳴り湯上がり後も暫《しば》らく暖かい。腕をさすりながら入浴後の消えぬぬくもりを愉しんでた。

ぬくもりぬくもり、いいなァ……ひとはみなこの母さんのぬくもりを求めて生きて来《き》たのだ。温泉は母さん恋しを満悦させて繁華を極めてる。

生きる子よ

ペンション『じろさんの家』のママさんが最近、又《また》堕ち込んでるというのだ。それでボクのアトリエに行きたいという伝言があった。堕ち込みの原因は二年前、突然交通事故で死亡した健一くんのことである。

健一くんは高校を卒業し就職したばかりの青春まっ最中であった。友人をのせドライブ中誤って電柱に激突、即死したのだ。友人は助かったがママさんの衝撃は余りも悲惨というか無惨というか荒々しく痛々しい。はたではみてられない程の狂乱と虚脱と消沈の淵に彷徨《さまよ》う日々が続いていたという。

それはママさんでなくても解《わか》る気がする。それ程《ほど》健一くんは無口でやさしい子だったのである。ペンションに情熱賭ける両親に負担をかけまいと、日頃の自分の小遣いはバイトで稼いでいた。そして進学を止めさっさと自動車会社に就職したのだ。

健一くんが中学生の頃一家は五日市町に住んでいた。ボクはそこの中学校で講演したことがある。そのことを家族はよく憶えておられた。軈《やが》て島根県の瑞穂《みずほ》町に念願のペンション『じろさんの家』を建て、森とひとと季節を味わう理想郷をつくった。そんな或《あ》る日、突然家族がボクのアトリエに来たことがある。「ヘェー、健一くんがあのときの五日市中学の生徒さんだったの……若い友達の古城門《こきど》くんがボクを強引に引張って行ったんだ。うん、古城門くんに教わったんか、ありゃとてもええ先生だ。よかったなァ、それにしてもよう伸びたなァ……」

と見上《みあ》げるボク、健一くんはテレ臭そうに立ってた。そして黙ってアトリエの片隅の小さな一枚の俳画を凝視《みつ》めてた。それからママさんに辱《はずか》しそうにそっと耳うちをした。

「この子、この絵をバイトでためて購うからキープしてほしいといってますよ。先生！売らないで下さいね」

「ヘェー、感激だなあ……差上げたい位《くらい》だ」

「ダメですよ。母さんが買ってあげるといっても怒るんだから……」

健一くんのお気に入りは

　毒だみされどお前は純白の花

というのだった。これは画集『花に叱られる』（岩崎書店）に収録される前の句で、本では「されど」が「なんと」になっている。

毒だみなんとそれは純白の花

「されど」の方がいい、断然「されど」ですという。そんなもんかねぇ。と、そのときは余《あま》り深く考えもしなかった。彼の清冽感が今思うとストイックに切迫してたのが解《わか》る。額を受取る、洗いざらしのジーンズの後姿が気持よかった。

彼の亡くなった一年後ペンションに泊まった。彼の話はひとことも口に出せなかった。ママさんは別人のように静かだった。小さな草花を家の周囲に咲かして「可愛いでしょう……」といった。

それから後、――先生はあのとき健一のことひとことも仰しゃってくれませんでしたね――というハガキを貰った。ボクは急いで返事を書いた。――今、アトリエの庭に毒だみの純白がまっ盛りです。健一くんは生きていますよ――

今年は毒だみが何故か過激に咲いた。

この堕ち込んでるというママさんが再びアトリエにやってきて、何か絵を描いて欲しいという。壁に慈母観音の絵があった。じっと凝視《みつ》めて泪ぐみ、これを軸物に描いて欲しいという。「あなたがそれで心が癒されるのなら」とご主人のじろさんはやさしい。

ママさんの顔は薄紅色に上気し、今、慈母観音のように美しい。観音さまが蝶々を追って行く嬰《あかご》の後姿に合掌している。そんな絵を長いことかかって仕上げた。

　生きる子よ背中に慈母の祈りあり

一日郵便局長記

笑顔であいさつふれあい窓口

「いいなア、いい言葉だなア、このスローガンとても気にいりました……」 なーんておこがましいけど、通信記念日の日、ボクは広島中郵便局の一日局長になり幹部達に訓示! ボクは郵便大好き人間のボクの思いを少々興奮して喋らして貰った。この局はメルパルクという新総合文化ビルに変身し、業務が窓口郵便だけに搾《しぼ》られ市の一番賑《にぎ》わいの中心にある。

「窓口っていいなア、夢があるよねぇ、昔の窓口はひとの顔みえなかった。奥から声と手だけが出て来るのね……子どもの頃思い出します。障子の破れを窓口にして郵便ごっこしました。コンニチハ、切手下さい。ハイ、小さな手が覗いて千代紙の切手が出て来ました。ハイ、小包です。台所からイリコをもって来て紙に包んで窓口へ出しましたね。田舎はお菓子などなかった。ワー小包が来たァー、とイリコをムシャムシャ食べて大喜び。

えー、ボクの母は食べ盛りの子を五人かかえて一人で百姓してました。だから現金収入がない。勉強好きの長男が小学校高等科を出て旧制中学へ行きたかったが貧しくて行けない。月給貰って勉強させてくれる所、逓信講習所選んだのよ。そこの普通科と高等科を出てね。うん、トンツーツー無線電信、今のＮＴＴだね。大学をめざしてたけど十九才で兵隊にとられ敗戦前ルソン島で餓死するんだけど……入所当時初任給二十円、その半分十円をずっと母に仕送りしてたんだ。毎月だよ。現金書留がまだなかったから小為替だった。受取った母、嬉しそうだったね。郵便局へボクをおんぶしてつれて行ってくれたね。あの窓口からお金が出て来《き》たときったらね、母の顔、パーッと耀《かが》やくんだよ。そしてそのとき札を数える様子、喜びにふるえる手……忘れられん。窓口っていいなァ、花だったのよ。笑顔にあふれる花、人生の希望だったんよね。

それから昔の郵便屋さん、一日二回午前と午後テクテク歩いて家の前を通るんですよ。通るとき笑って手をふってくれる。嬉しくてね。外に出れんボクはひたすら郵便屋さん待ち続けましたね。そして郵便屋さんに来て貰いたいから少年倶楽部の広告、カタログ無料進呈があるじゃん、そこにつぎつぎハガキ書いて何でもいいからカタログ送って貰《もら》う。

エジソンバンドなんて頭がよくなる鉢巻や、二色シャープペンシルなど色々あったけど、とにかく、ハイ、郵便来たよとボクの手に渡してくれるんだ。そしてボクの肩をポンと叩いて笑って手をふっていくんだ。郵便屋さんってボクの人生なんよね。大人になってボクが社会に出るため始めたのはまず郵便屋さんと仲よしになることだった。電話帳で調べボクに向いた企業に絵をそえて手紙を出した。ボクの絵を使って下さい。

手応《ごた》え第一号はふりかけの三島食品さん。うれしかったねぇ、とんで来られ『広島菜茶漬』デザイン初仕事さして貰《もら》ったよ。こうしてボクはひたすら郵便屋さん待ち続け郵便物を出してもらったよ。中には配達はするけど……と断わるひともいたけど親切な郵便屋さんは「いいですよ。ボクら集配人ですから」といってくれ感激したね。

このめざましい科学進歩の中で郵便という手配りだけが頑固に残ってるなんて、人類、見棄てたもんじゃない。愕《おどろ》きですよね。郵便って、生きるため這いあがろうと必死に待っているひとの窓口なのよ。希望なのよ。あったかーいぬくもりの手、差出して下さい」

おしまいに窓口業務を体験さして貰った。「これお願いします」「ハイ」窓口から歌の花束CDの振替用紙と現金が覗いた。

「ありがとうございます」

日付判をポン！　「ワー綺麗に押せた」領収書渡してニッコリ。

明るい窓口の本物の郵便ごっこだった。

初めてのチューッ！

ボクのアトリエに異変が起きた。

外国人の来客が多くなった。その都度飲物を運ぶそよ風さん大変。お茶？コーヒー？紅茶？ジュース？　まるで喫茶店並《なみ》だ。中には日本茶キライ水スキという人がいて冷えた井戸水を出すとオイシイッ！　と喜ばれる。

国際化は向こうから、何時《いつ》も知友がひょっこりつれてくる。もみじ作業所の井上くんが若いベトナムの紳士をつれてきた。日本でいう厚生大臣になる青年だそうだ。丸い大きな眼球、角ばった顎、小柄で見《み》るからに挑むような精悍な風貌はベトナムの塊みたいだ。通訳を通してのボクの作品活動が何処《どこ》まで理解し得たのか知らない。急いで日本通過中の彼に執《と》ってボクの存在など無益な点景に過ぎないかもしれん。その後テレビで終始立った儘《まま》でしか生きていけないベトナムの障害者が、作業所、会社を沢山《たくさん》作り障害者を雇用しているのをみた。背広姿の厚生大臣青年とは別の福祉世界かもしれん。

久米さんはつれてきた外国人達の通訳だけでなく、ボクの本を英訳しワープロでキチンと本にしてプレゼントされている。「お母さん」「ピカドンたけやぶ」「お爺ちゃんの銀時計」そして目下「それゆけクッピー」も翻訳中という。

マリン・アンヘルさんはスペイン人、ご主人ステーブさんは英語の教師。お二人とも日本語ワカリマセンとニッコリ。マリンさんの名刺には画家&スペイン語教師とある。

「へェー絵かきさんか」「ソウヨ」といって写真をみせる。カラフルな現代アートだった。

その絵かきさんがボクのアトリエにくると落着くという。ボクの絵スキヨという。日本的母の世界が少し解《わか》って貰《もら》えたのかナ、併《しか》し何時間もいるのでボクは仕事が出来《でき》ん。仕方ないから、

「スペインの花はローズか?」と訊いた。カルメンは口にバラ一輪くわえて踊っている。

「チガウヨ、カーネーション」

「へぇ、カーネーションか、じゃお母さんにプレゼントする国だ」

「シナイヨ」

そうか、ワッハハハ。母の日は日本だけの風景なのか。丁度《ちょうど》コスモスに囲まれたお母さんを

描いていた。コスモスをみて、

「スペインニナイヨ、ハジメテミタヨ」

いきなりころがりこんできたスージ・ハーマンさんには愕《おどろ》いた。竹中みっちゃん宅にホームステイし、そこにあったボクの絵をみて作者に会いたいと急にやってきた。子どもにツワブキの花をさわらせてる母さんを描いた絵にキャーッ！　と叫んだ。その喜びようは只《ただ》ごとではない。車椅子から巨体が乱舞し機関銃のように喋った。通訳がとびとびに、この偉大な絵、シカゴのみんなに見せたい。シカゴに是非《ぜひ》呼びたい、そう仰《おっ》しゃってますよと言った。

今まで、ボクの描く日本的母の静かでほんわか情緒は外国人には恐らく理解しにくい、と思いこんでた。それがスージさんの歓喜をみていると、ボクのアトリエにもゆっくりだが国際理解が始まっていると感じる。

スージさんは仲間をつれてドカドカと二度もやってきた。彼らは日本の養護教育見学一行だった。難聴の青年教師もいて賑《にぎ》わった。画集も沢山買ってくれた。

スージさんの巨体から底光りのするオシャレがみえた。両手の指先に銀色に光るマニキュア、そして十本の足指までマニキュアと指輪がテカテカと並んではめてあった。靴はゴム草履。うーん、インドで水浴する女性の足に似てる。足の指輪がガンジスの夕陽に濡れ異様な美を放っていた。これは彼女らの自分を支える末端の足指にも、切ない程愛情を注ぐやさしさと美意識の顕《あらわ》れなのだろう。
うん、テカテカの異文化に感動してたら突然ほんとに突然スージさんはボクに抱きつき頬っぺをチューッ！　したのだ。仲間が一斉に拍手した。シャターが笑った。暖かい弾力と甘い切ない感触が頬に残った。帰るとき彼女はノートをちぎりメッセージを書いてくれた。
Your beauty transcends ordinary people's eyes and rests in the soul.
「君の美は普通の人の目を越えて魂の中に残っていく」と通訳が説明してくれる。俳句だそうです。「ヒヤー」メチャ賛辞だが感動を唯一の生に生きるスージさんらしい。この養護の女性教師の出現はボクの人生の何だったか……ボーッとして暫《しばら》く考えていた。

わが武道館　暴走記

近代都市のどまん中に兜の骨董品が黴《カビ》臭い匂《にお》いを放っていた。武道館は甲冑の化石だ。見上げると燻《くす》んだコンクリートの角《つの》が無造作に天に伸びてた。屋内に入るとこれは正に鎧の胴腹の景色だ。幾重にも線條が円型に積上げられている。観客席が二段三段と天井に伸び中天から黒い幾つかのスピーカーが宙吊りになっていた。見下す広い床には果てしない数のパイプ椅子が並べられ、ステージには長いスロープがつけてあった。

桶谷《おけたに》くんがエレベーターを捜してくれたが故障中の貼紙。けど荷物用が何処《どこ》かにある筈《はず》と回廊を走り回った。屋外にあった。動物園の檻に似たリフトである。ボクは面白がってそのまん中にちょこんと乗った。

この武道館は東京オリンピックに出現し、それ以後一万人収容出来る若者憧れのライブ会場として有名になった。

今回、精神障害者家族連合会東京大会があった。世界各国から精神障害者のリーダー達が集合し、分科会で研究実践のシンポがあった。武道館では午前中その前日の総括シンポが開かれ、精神障害者施策が他の障害者施策より遅れていることの要求を厚生省担当官に迫る場面があり、会場の叫びがガンガン反響し言語が聞きとれない程《ほど》白熱化してた。

ボクは足が痛くなりスタッフに案内されて救護室のモニターでそれをゆっくりきいた。外部のスピーカーは会場より言語が明瞭にききとれた。ボクはゲストで招待され前日の京王プラザの親睦会と二日めの武道館のアトラクションに参加した。随分《ずいぶん》前から、荒井元博《あらいもとひろ》氏は十六年前だよといってたけど機関誌『ぜんかれん』の表紙を描き続けている。当初、母子のみ描いていたが国際家族年から、そうか、『ぜんかれん』は家族なんだと極めて単純なことに気づき、それ以後総《あら》ゆる家族を描くようになった。鳥、魚、動物、さまざまな民族など、生きてる地球ファミリーを追っている。

「表紙のはらみちをデース！」

親睦会では重い電動車椅子をステージに持ち上げて貰《もら》って走りまくった。武道館は更にそれがエキサイティング。司会者の合図で、ソレーッ、ガガガーッと時速六キロ、スロープを一直線一気に猛突撃し昇った。拍手がどっと湧いた。勢いが止まらずステージ狭しと右に左

に走り回り、

「エイエイエーイ、表紙のはらみちをが来たぞー！」

司会者がマイクを持ってボクを追い回す。

又又《またまた》ドーッと湧いた。ボクは中央に停るとエーイっと手をあげた。五千人の顔がワーッと揺れパンジーのように笑った。

圧巻は市中パレードだろう。

横断幕を先頭に、千人のパレードが武道館を出てわいわいとお茶の水駅まで行進するのだ。出発は遅れ、三時二十分。ボクも並んで歩いた。

「精神障害者に雇用の場を……」

クルマのマイクが通行人に呼びかけ続けた。警官がところどころに待機し車道には赤色の境界ポールが点々。

ボクはお茶の水駅へ四時までに着かないと新幹線に間に合わない。早く早くとそよ風さんにせかされ、一気にパレードからとび出した。ボクの電動車椅子は猛スピードでパレードの先頭を一人走ってた。マイクの声を背中でききながら、

「お茶の水駅はどこですか」

片手にしっかり切符を握り警官にきいた。背後から精神障害者になになにを……と訴えるパレードが迫ってくる。この景色は異様にみえたろう、気づかなかった。ボクはサンドイッチマンのようにパレードを先導してたのだ。

警官はボクにこの道をまっすぐだよ。解らなかったら途中の警官にききなさい、と笑いながら教えてくれた。パレードの境界線がとぎれると今度は只管《ひたすら》人並を縫いながら歩道を走った。お茶の水駅がみえた。駅員に切符をみせ四時何分かの新幹線に乗りたいというと素速く対応し階段のリフトにのせてくれた。おばさん、おばさん危ないよ。ゴンドラは階段を俯《うつ》向いて昇る婦人にぶつかりそうになる。やっと間に合って新幹線に乗れた。

武道館から一気にとばし続けた電動車椅子はボクの生きる武臭かもしれん。

橋と月

「あの……幕を引くとパッとお母さんが出てきて、お帰り！　といいました。嬉しいなア……」

橋の除幕式に少し興奮して挨拶した。ボクのふるさと大朝《おおあさ》町にバイパスが出来て橋に嵌《は》め込む絵を十五点描いた。親柱の行灯《あんどん》には四季の花に囲まれたお母さんの絵、春の「ひめしゃげ」、夏の「山つつじ」、そして「コスモス」「月見草」の四枚。

「ひめしゃげ」は町の花だそうだ。知らなかったナ。そういえば子どもの頃《ころ》、農家の庭先や背戸に小さな紫の草花があったなァ……。今みると、実に巧妙で細緻な白い模様が花弁にデザインされているのに愕《おどろ》く。

その日、野村町長さんはエキサイトした。四月二十九日、わさまち（朝市）の春祭りが復活したのだ。道端に露店が並《なら》び、ひとがどっと押し寄せてきた。ステージから太鼓、舞踏、カラオケ、落語と、きわめつけの絢爛たる神楽、そのすさまじい拡声が轟《とどろ》き、ひとびとは浮き足だってた。ボクはこの狂騒の海に押し流され、いつか昔の「わさ市」を歩いていた。それはおどろおどろと重く暗く、夕暮れの疲れた牛の群列のように遅々と進まない。狭い両側から出店の売り声がちぎれてとぶ。

「わかめいりまへんカーッ」

「こうてんナ、安うしときまっせ」

陶器の投げ売りやゴマの油の口上の中をひとびとは、これから始まる田圃の労働に必要な物資を買い込《こ》んでいた。

わかめがよく売れた。田植、泥落しのもやい（共同作業）のひと達にわかめは歓ばれる食材だった。浜田のわかめは鳴門のそれと違って、火に焙《あぶ》って砕いてご飯にかけお茶漬にしたり、その儘《まま》おむすびに包んで食べたりした。

騒音の海の中、肩を叩かれ「ヤア、みっちゃん！　ちっとも変っちょらんのう」と親しさこめて話しかけられた。あっちからもこっちからも「みっちゃん、みっちゃん！」の笑顔のズームアップに、ボクの今は立止りたじろぐばかり。それは余りにも親しい対峙の時、今更《さら》知らないともいえず、名前をきく機会を失ってしまう。「ハイハイ、えーと……」「忘れたんか、わしじゃ、わしじゃ……」

昔の儘《まま》のどのわしも年月は置去りにして一気に変らぬ温みを確かめようとしていた。

そうか、ボクは今浦島なのだ。何しろ三十年のご無沙汰だった。こんな不遜のボクが、じっくりふるさとと向き合い、橋に嵌《は》め込む大朝の四季を十五枚描くはめになった。ユニークな橋をと、クリエイトファームＣＣ50の山本正克ちゃんがボクを起用しプロデュースしてくれたのだ。彼はボクの作品の背後から大朝を感じるというのだ。ふるさとを意識したことはなかった。お母さんばかり考え描いてきたから……けど、

「お母さんの心が伝わる、何処《どこ》にもないユニークなこの〝わさ大橋〟は皆さんの宝です」

と町長さんは力をこめて最後の挨拶をされた。

圧巻は初点灯式だった。夜、七時半、一斉に並《なら》んだ欄干の行灯に灯がついた。暗闇の中、一瞬、宝石のネックレスが光った。

「バンザーイ!!」

ボクらは缶ビールでカンパイした。近づくと闇の中に行灯のお母さんが笑った。可憐なお母さんが点々と整列し、遠く小さく闇に消えてにじんでる。やるせない程の風情がただよっていた。

ボクは川風に吹かれ、ふるさとが生きものになって若々しく疾駆してるのを感じた。少しビールに酔った。パールネックの橋の上、見上げた天に大きな上弦の月がこうこうと貼りついてた。

それは見事な絵だった。

橋と月は新しい時代へ立向う宇宙的装置に思えた。

和ちゃんのファン達

「手術迄旨《までうま》い物しっかり食べときなさい」

「何食べてもいいですか先生」

「いいよ。ビフテキでも何でも好きな物バンバン食べとくんだナ、どうせ胃を四分の三切っちゃうんだ」

ヘーイ、まいどアリーッ！　といったかどうか知らぬが寿司和の和《かず》ちゃんは「ヨーシ、正月にゃ分厚い血のしたたるようなステーキを腹いっぱい食べたるでエ」とみんなに宣言しまくった。どうせ無くなる胃だからパーッと今生の思い出に豪華絢爛を喰えという医者のブラックユーモアも凄いが、それにはまる和ちゃんの興奮は凄い。長年つちかった寿司屋の気風よさのせいで不安を寄せつけない。

「先生、本人の前で癌、癌、いわんで下さい」

「奥さん、いいじゃないの、このひとの気風、惚れ惚れするねエ、だから本当のこと話した方がいいよ。その方が治りが早い」

閉店ご挨拶

三十三年間、ほんとに長い間のご愛顧ありがとうございました

寿司和　拝

簡単な挨拶文を店に貼った。母と少年がおじぎしている絵をボクがかき添えた。つわぶきの花とコスモスと猫も小さくかいた。

突然の閉店は今回の手術のせいだけではない。奥さんの和子さんもリウマチになっていた。これ以上重い釜は持てない限界がきて一気に決断がついた。

長い仲のよい夫婦だけの店だった。そしてその寿司が日本一安くて美味しいと、ファンがふえ続けた。ピカドンたけやぶ合唱団の藤村記一郎さんも広島に来ると、あのたけやぶで助かった和之少年の寿司を食べた。

「わしゃ一度原爆で死にかけたんじゃけ……」

和ちゃんはポツンとひとことそれしかいわない……が。

この威勢がよくてやさしい和ちゃんのファンはたえまない。その中でも一番のファンは野良猫ではないか。

夜半十一時ごろ和ちゃんのバイクが帰って来る音がした。すると一斉にニャンニャンワンワン騒がしくなる。和ちゃんの持ち帰る残飯や魚のアラに周辺の野良猫や犬達がむらがるのだ。時には狸もまじっていた。

野良猫に餌を与え続けての三十三年でもあった。英国の動物愛護さんは彼を表彰してやってほしいわ……ほんまや、和ちゃんの殊に野良にこだわる猫好きは並のものじゃない。ギリギリの運命に生き残る小さな生命への畏敬か、やさしさか、生き残った者の感謝か、……どんな可愛い美しい飼猫にも興味を示さなかった。

手術前の年の瀬、例年なら夜明け迄《まで》巻寿司六〇〇本を巻いてたっけ……正月には出来《でき》るだけ握りたての軟かい寿司をお客さんに食べて貰《もら》いたいからね。元旦は一日中ぶっ倒れて眠るんだ。よくやったもんよね。ほうよ、手がグローブみたいに膨れてよ、感覚がなかったよ、と笑った。

和ちゃん夫妻にとってことのほか静謐なひとにぎりの年の瀬、正月の豪華絢爛の宴はどう

99　和ちゃんのファン達

なったのと訊いたら、へへへ……結局肉でなく魚にしたそうだ。矢張りナ、寿司屋を止めても魚の匂いは躰にしみこんでいて消えそうもない。

手術は大成功だと医者が猛烈喜んだ。医者もファンなのだろう。

「こんないい患者はおらんでエー、転移は全くみられないッ！」と太鼓判を押した。

和ちゃんは今、軽くなった躰で風が吹くように歩いている。時折《おお》りお年寄りや障害者を「へーイ」と気軽にクルマで送迎ボランティアをして喜ばれている。

又、又、ファンがふえそうだ。

え？　野良猫達のその後の餌はどうなってるかって？　……うん、和ちゃん、時々ね昔馴染みの魚市場へ行きアラを仰山貰《もら》って帰るのよ。野良ちゃん達はその日のバイクの音をききわけて集るっていうから、愉快よね、へへへ……

風の中の美術館

地の底から土の塊がグイグイと顔をつき出し口をあけ天をみている。まるで今、茸類が生まれ、首をのばし、珍しそうに辺りを見回してるみたいだ。不骨だけど精気にみちた壷や一輪挿し、そして茶碗、燭台の面々、それぞれユニークな姿態で群れをつくり蠢《うごめ》いている。これは地域でがんばる陶芸仲間、梶原くんらが作った「どうだい！」といわんばかりの作品群だ。

展示場がこれまた大胆かつ無謀なヒロシマ平和大通りのグリーンゾーン。最初誰かがビニールシートを敷いて並《なら》べた。勿論《もちろん》すぐ撤去し、まばらの土が覗く芝生の上に無作為に作品を並べた。土器は本来、大地と接触すべきものなのだ。が、どこの展示も純白の布の上や硝子箱に収められてる。土器の生命を引離し奪ったのは文化という人工的台座のせいだろう。それは弥生《やよい》からそうなった。少なくとも縄文《じょうもん》までは土器は大地と密着し、呼吸し、ダイナミックな生を放っていた。

芸術はいつから数値で評価されるようになったんだ。そうだそうだ、リアリティのハコをとび出してこれぞバリアフリー、とっておきの芸術祭だーという〝風の中の美術館〟をやろう！

そこで交通の激しい平和大通りで催すことになった。その日は超大型台風が九州に上陸していた。まもなく中国地方に向って北上し日本海に抜けるという情報がひとしきり流されていた。けどボクらは絶対雨天順延はしないことにしていた。

アホいうたらあかんで、雨、風は生きたアートだから……。併し不気味な重い小雨まじりの風がビューンビューン叩きつけるように吹き始めてる……ボクらはびしょ濡れになりながらＧＯＧＯ！　を叫ぶ。

さおりグループも参加してくれた。絵画、写真、パッチワーク、それにしの笛、三味線、講談に草笛演奏など自由で大胆な技芸が次々と投入される。この狂騒にみちた混沌のメッセージは、両側をつっ走るクルマと電車と暴風雨と共にけたたましい悲愴にみちた音をめった切りにして投げとばし続けた。

夕暮れのひとの群れが、土器の群列のそばを足早に通り過ぎる。

——誰もみてないのか
土器がひとをみて嗤《わら》った。
突《とっ》風が吹く。この日の主役は風かもしれん。エキサイトして芸術を丸ごと煽《あお》った。空中に吊したさおりの列がパタパタ音たてて天高く万色の絵の具を塗りたくる。ボクも興奮し、梶川さんのしの笛をバックに詩の朗読をした。

風が吹くとさわぐんだ
きみのひとみが光るんだ
きらめく平和につつまれて
地球は宝石みたいだね
ごらんよ宇宙のかなたにも
バリアフリーの風の中
友がいっぱいよんでいる
感じますか　あした
感じますか　あした

この悲鳴に似た音響に通行人が足を止めた。ひとりふたり、やっと足もとの土器の群れに目を落した。夕闇の中、黒い土器のシルエットと林立するひとの足。

圧巻は巨大な円筒型に張り巡らされたさおりのモニュメントだ。それに灯がともされると、なんと、えも知れぬ生命の化物が蠢き始めたのだ。血の真紅、筋肉の黄褐色、骨の群《ぐん》青《じょう》が混沌と犇《ひし》めき立上り、しの笛と風が狂気を響かせた。

ひとびとはナマナマしい言葉に酔い、静かになった。

ボクらは声もなく泣いた。

風は止み台風はここを避けて消えた。

ここにいるよ

緑がひとつもない赤茶けた荒野の起伏に黒いひと筋の行列がみえる。アフガニスタン人が砂煙をあげて登っていた。

パンシール川ぞいにあるパザラック村の高台にその人達は辿《たど》りついた。棺をかつぐ人々、遺影を掲げる人々が深く掘られた土のほとりに立ち、棺は底に静かに沈められた。棺に土をかけ、重い鉛の天を仰ぎ号泣する人達の沈痛な悲鳴が茶褐色の風に音もなく消されてゆく。

アフガニスタンの獅子アハマッド・シャー・マスードの葬儀のビデオ映像である。

洋海《ひろみ》くん、みたみた、ＮＨＫのＥＴＶ二〇〇二、あのマスードを慕う人達の哭き狂い呆然と彷徨《さまよ》う荒野の風光は重厚な絵だった。

マスード死す！　カメラに仕掛けられた凶弾で斃れた。それが九月十一日、同時多発テロの二日前だった。なんたることか。

ボクは全身の力が抜けてしまった。あれ程指揮官マスードと共に生き一体になって奥深く撮り続けたきみの衝撃は如何ばかりだったろう。

それは一九八〇年。巨大なソ連軍に五〇〇〇の小兵で迎えうち、徹底抗戦し終《つい》に北アフガニスタンから撤退させたマスードの、勇猛と英知とやさしさを捉えた報道写真から始まり圧倒され続けていた。次は独裁テロ、タリバン打倒にマスードが立ち向かっていくところだった。

米国のテロ報復の空爆が始まると洋海くんはマスコミに引っ張りだこになる。日本人の愕きはアフガニスタンの内情がよく解らない混沌にあった。きみはイスラム・アラブが総《すべ》て悪でないことを繰《くり》返し力説していたね。

マスードを失った北部同盟はその遺影を先頭に押し立てて闘い、終《つい》にタリバンを追払いアフガニスタンに平和をとり戻した。ブルカをとった女性達の何と明るい笑顔。

併《しか》しアフガニスタンは戦争、空爆破壊で惨憺たる光景だったね。住居は砕かれたドクロのように散乱し、ひとびとは呆然と坐り込んでいた。子どもだけがサッカーをして遊んでる。

広島で『長倉洋海写真展』があった。アフガニスタンを背景にあのマスードが笑い、憤怒し、会場一杯にその魂が音をたてていた。別室で洋海のスライドとトークがあった。その時

107　ここにいるよ

ボクに、マスードの墓参に行ったこと、葬儀の映像を入手したこと、今度テレビに放映されるのでみてくれと、そそくさにいって再びアフガニスタンにとんだ。ゆっくり話す暇がない。きみはアフガニスタン人になった。髯も肌色もマスードにほめられたペルシャ語も……。

アフガニスタンは平和をとり戻したが、復興は遅々として進まず混沌迷走がはてしない。息が詰まりそうだ。東京であったカルザイ新大統領の言葉が胸を刺す。

「荒廃・戦争・野蛮・貧困・剥奪以外に何もない国の市民として、私はここに立っている」

洋海くん、君はマスードの健康を一番心配していたのだね。共に暮らした闘争の苛酷な百日間。なにしろ四時間しか眠らない超パワーの彼のこと、離れると度々電話した。すると「私はここにいるよ。ここにいるよ」と安心させるような元気な声。その声が今も耳から離れないというきみは、テレビに絶句し哭いた。その泪はだれが拭いてくれるのだろう。

不安に脅えるボクらにマスードは今も笑っていい続けている。

私はここにいるよ。

ここにいるよ。

マンガ天国知ってるかい

佐藤町長の決断が愉快だ。

町おこしに何かいいものはないかという話になり、みんなに何が一番面白いかと訊《き》いたら、マンガだという。それならマンガでいこうと決めたのだそうだ。

この単純明快な即決は町に活力を与えた。みんな面白がってたちまち町の鳥キジ丸のキャラクターをつくり、マンガグランプリを制定、何億もかけて去年、全国でも珍しいマンガ美術館が建った。

そこには十万冊を越えるマンガ本、寝ころんでみるごろごろ漫画読書室、パソコンでページをめくってみせる映像コーナー、そして何といってもユニークな富永一朗画廊が素晴らしい。あのちょっぴり口をつき出したキャラクター、その甘いセクシーを庶民的ユーモアで包んだマンガの世界は、芸術のたかみに迄《まで》光彩を放っていた。ボクが訪れたときも続々と団体入場者が押しよせていた。

「へへへ、成程のう……」

「ケケケ、これみんさい、あんた、こんなの好きやろ」

一行の笑いがのどかにゆっくり一巡してた。開館一年で五万人の入場者があったそうだ。この岡山の中高山地に予想だにしなかった成功だと町長は胸を張って挨拶なさった。

確かにマンガで育った年代が成長するのにつれて、読者層の年代に合わせたマンガ、子どもから大人、高齢者向きと、それぞれあっていい。高齢化時代に相応しいマンガ家が出てくるだろうとテレビで有名なマンガ家が話してたっけ……

「うちの子は勉強せんとマンガばかりかいて困ります。マンガ家にでもさせにゃしゃない思うんで弟子にしてやって下さいという母さんがいます。ボクは断りました。マンガはここが七……」

そういって指で自分の頭を指さし、

「絵が三だよ。勉強せん子はマンガ家にゃなれません」

富永一朗さんは口をとんがらし、とぼけた表情をしてみんなを笑わした。

この日、マンガの町・川上のイメージソングの発表会があったのである。

マンガ天国知ってるかい／おいしい空気がいっぱいで／冒険ロマンス一日中／食べて笑ってうたってのんで／しあわせたっぷりワッハッハ／マンガ天国知ってるかい。

ボクの詞にポップス歌手・松崎しげるさんが作曲し、爆発的なパワーで歌ってくれた。

「人生はマンガです。面白くて、ボクの存在そのものがマンガよね。大切な時間、同じ生きるならワッハハと笑って愉しく過そうよ」

と、ボクはステージで大口をあけてワッハハと笑った。これはうけて拍手がわいた。松崎さんはテレビの「ざっくばらん」のレギュラーとして顔なじみの歌手だ。勝手に顔なじみだなんていうのも変だが、テレビというものは不思議で、会ってないのに初対面の気がしないのだ。

素晴らしい作詞家だとボクを引きたててくれる。流石《さすが》ショーマンだ。彼のオンステージは興奮させた。全身黒で纏《まと》めたスタイルで笑うと歯だけが白い。つばをとばし激しく大声で歌う。デビューはCMの叫び声だけだったそうだ。長い間表に出ない陰のCM歌手だったので色が黒くなった。陰のような黒い男が陰のように去っていきますと、ステージの横に消えた。イキなひきぎわだった。

こうしてマンガの町のイベントは幕が降りた。

帰りにみた山つつじのピンクがひときわ雨にけぶって鮮やかだった。

川上町はたっぷり含んだ水がめにみえた。霧が帰るボクらを追いかけて背中を濡らした。

やしきわらし

「お姉ちゃん、この家なくなったらボク、いくとこないよ」

男のこは急に、しょぼんとしていった。

「なによ！　新しい家にきたらいいじゃん」

お姉ちゃんが、こともなげにそういうと、

「そうだね、フフフ……」

男のこは、もとの明るい表情をとりもどし、

「バイバイ、お姉ちゃん、又《また》、くるからね！」

といって帰った。

陶芸家田坂賢治さんちには子どもが四人いる。長女は京都の美大に入学したばかり、妹は高校と中学生。だがこの他に、小さい頃から姉妹と大の仲良しの三才位の男のこボウがいる

というのだ。

可愛いやんちゃのボウは姉妹の、殊に姉ちゃんの枕もとにたびたび現れて、髪をひっぱり、ほっぺをつつき、さんざんちょっかいし、キャッキャッとあばれ回って遊んで帰るのだった。ボウは鬼ごっこ、かくれんぼが大好きで、姉妹といっしょに部屋中ドタドタ駈け回っていた。

姉ちゃんもみた？　私もみたよ、夢の中で同時にボウと遊んだ話、田坂さんはこんな娘達の話題に苦笑し、よくある女のこの霊感趣味じゃよと信じなかった。

そのボウが昼間でも出現するようになった。或る日、田坂さんが食事してると、突然台所の暖簾《のれん》がフワーッと動き、ドタドタと男のこが駈け出し、自分の横を猛然と通り過ぎたのだった。

「アレ、誰だい今のは……」

田坂さんは思わずふり返ったが、何事もない。

「ナーニ？」

暖簾から奥さんがニコニコ顔をだし茶をもってきた。

「オイオイ、今、男のこが走っていった気がしたけど……」

「ホホホ、それ、ボウだわ、私もみたわよ。時々遊びにくるわよ。とてもいたずらずきよ。ソースこぼしたり、卵割ったり、からかってるのよ。可愛いじゃない、いいこだわ、うちのもん、みんな好きよ」

「オイオイ……」

「これ、『やしきわらし』だそうよ。『やしきわらし』が住んでる家は繁栄するそうよ」

「ほんまかいなァ……」

ちっともこのわらしは暗い陰湿な感じはない。むしろ温かい春の風が部屋中かくれんぼして帰っていく感じなのだそうだ。

これは福島先生の坊やだとボクは断定した。先生には女のこが三人いた。四人めの男のこが白血病で亡くなった。助からないと解《わか》り先生はそのこに洗礼をうけさせた。利口なこで、病院の外を走るクルマの名を音で見わけたという。

そういえばボクも昔、先生の家を訪れたとき、三人のお姉ちゃん達にまじって、窓から覗いてる小さな可愛い男のこがいたのを憶えている。

その家を田坂さんに譲り、先生は湯来《ゆき》へ引越された。

田坂さんはその家で陶芸教室をひらき、家屋が次第に手狭になり、ついに建てかえることになった。同じ建てるのならと、全ソーラ・システムのミサワ・セラミックスにするという。喫茶店も併設し、立派な陶芸館になるそうだ。

「そりゃ大発展でよろしうおますなァ、矢張り、『やしきわらし』のおかげと違うか……」

「そやろうか、ハハハ……」

田坂さんは今、笑いが絶えぬ。

この春、田坂陶芸館がオープンする。

新しい家に又《また》、「お姉ちゃん、遊ぼう！」とあの元気なボウがやってきた話、娘さんからきける日が愉しみである。

みちを

やすらぎ音楽祭

まるでステージに大きな白い牡丹がひとつ咲いたようにみえた。
それはかすかに波打ち息づいていた。
四、五人の屈強な若者が、その牡丹を中央に運び、そっと床に置いたのだ。眩《まぶ》しい風が巻き立った。ドレスの裾は拡げられ、花びらは、めいっぱい咲いてひと呼吸をした。
それからマイクが低く傾けられ、カラオケが鳴り、白い花は座ったまま唄い始めた。
搾《しぼ》り出すような苦汁の声だが、歌詞の言葉は明解に聴こえた。

〽貴方と私を結んだ糸は
ほどけて悲しい夢まくら

……………………

鹿児島からはるばる枚方《ひらかた》へやって来た、重い障害者の堂園徳子《どうえんとくこ》さんが作詞・作曲、自ら唄う演歌「恋あざみ」である。

内燃する自分を歌にする、これこそ、ド演歌の真骨頂だろう。

暗いステージにそこだけスポットが当てられ、華麗な白花が闇に墜《お》ち、妖しくもだえてた。この異様な情景はひとびとを凛《りん》とさせた。花の芯から発信する声は鋭く天に響いた。それは哀しく切ないほど直進的であった。

ひきずり込まれるように聴きいってしまう。本人も酔い、みるひとはその生命力に酔った。

彼女の歌がグランプリになった。

他にもロック調の熱演者もいたが、「恋あざみ」には敵《かな》わない。

障害者には演歌はちょっとそぐわない……と今迄《まで》思ってきたが、これはキッパリ思い違いで、カラオケ全盛時代になって、どんどんプロも輩出してきている。

広島出身の井上わこさんは全盲歌手である。和服姿がよく似合う美人である。そのわこさんがステージに立ち唄い出すと観衆はワーッと熱狂し、その雰囲気にのり、手拍子をうち演歌の海に浸るのだった。

演歌には庶民特有の、弱者を鼓舞《こぶ》する人生応援歌みたいなものがある。

ステージでは、わこさんの手をとり、何かとお世話してる可愛い中学生位の女のこが、又、いい景色になった。わこさんが「私の弟子です、よろしく」と紹介し、一曲唄わした。

唄い出すと、あの可憐さは一変し、都はるみ顔負けのコブシの効いた迫力があった。割れるような拍手と共《とも》に観衆の「頑張れ！」の声が津波のように襲った。わこさんは出演料から毎年盲導犬を一匹ずつ贈り続けてる。

枚方市の『やすらぎ音楽祭』は十三回を迎えた。全国から応募された障害者の詞の中から十五編選ばれ、プロが作曲、歌手が唄って発表し、作詞家を舞台で表彰し続けてきた。

こんな素晴しい全国的規模のイベントが枚方市におきたのは何故か。これは作詞家詩川《うたがわ》しぐれ氏が枚方にいたからである。氏のやさしさと熱情から障害者作詞家を励ますひとつのうねりとなり、大きく拡がり今日の地域文化を成したといえよう。

ボクは氏に敬意と感謝をいいたいと思ってロビーで会った。会うと開口一番、戦後投稿作詞していたボクらの年代の星野哲郎氏、岩瀬ひろし氏の話が出た。

今回はこの行事も不況の影響がモロに現れ、寄金が寂しくなったといってた。

折角《せっかく》、福祉と文化を結び大きく開花したのだ。
これは枚方市にとって、もはや〝菊人形〟に優るとも劣らない重要な文化なのである。

洋平くんのこと

口いっぱいにあのスモークの香りがひろがった。

うん、確かに違う……噛むと舌にとろける深いまろやかなサーモンの美味。喉がゴクッと鳴った。旨い。流石《さすが》、本場カナダのスモーク・サーモンだ。

かすかに甘さがあって、どこのよりも味が奥深い。ボクは一杯やりながら彼の想い出に酔った。


「モシモシ、はらみちをさんって、あの大朝《おおあさ》町で時計屋さんしてたみっちゃんですか？ボク、打波洋平《うちなみようへい》です。憶えていませんか。よくお店にお邪魔して話しこんでた洋平です」

「エッ?! 洋平くんか――憶えとるよ。大きな躰のやさしい少年だった。病気がちなお母さんと暮らしてたね。戦前、お父さんだけカナダに残って君達母子は日本に疎開してたんだ。お母さんお元気？」

「母は二年前亡くなりました。父はもっと前亡くなりました」

「そうか……あれから四十年近く会ってないよなァ……四十年ぶりの声のご対面だ。お父さん、木材の仕事してるといってたね。きみも木材やってるの？」

「いいえ、今、貿易みたいなことしてます。カナダのサーモンなど扱ってるんです。バンクーバーで、……大した会社じゃないけど、歳暮シーズンなので東京へ来てます。ダイレクトみたら、みちをさんの名前があって、みっちゃんだーと思って懐かしくて電話しました。お元気そうで何よりです」

あの頃の彼は、京都の親戚へ行って英会話の特訓を受けながら父の待つカナダへ帰る準備をしていた。その親戚は丸紅のお偉いさんだそうな。そこで外人から学んだことを、みっちゃん知ってる？ red と lead の発音が難しいんだよ、同じレッドでもR・Lの微妙な違いで赤や鉛になるんだよと教えてくれていた。

近所に、若葉が芽吹く頃になると、気が変になる精神障害の母娘がいた。

母娘は共に品がよく、普段はとても聡明で美しかったが、周囲の人は、その季節が来ると寄り近《つ》かず避けていた。洋平くんだけは平気で、その娘さんと愉しそうに話し合っていた。

その娘さんがボクにいった。

「洋平くんはいい子ね。ぼんぼんみたい、可愛いの……それに話題が豊富で愉しくて、日本にずっといてほしいわ」

ボクも同感だった。けどあの疑うことを知らない清純で大らかな洋平くんこそ、外国に行って欲しい。そして愛される日本の大切な役割果たしてほしい。


「……お母さんですか、カナダに帰ったら丸々ふとって元気一杯のお母さんになりましたよ」と洋平くんは笑った。

「そりゃよかった。空気がお母さんの躰に合ったんだね、ハハハ」

洋平くんのあの大自然の大らかさ、ひとも自然も美しいもの、本物しかみないぼんぼんさは、今も沢山《たくさん》のひとをひきつけ引っ張っていることだろう。

四十年ぶりの声のご対面で、ほんとに声だけで、変わってない少年のそれをボクは確信した。洋平くんはもともと生粋《きっすい》のカナダ人だったのだ。

カナダは今の病んだ文明日本を救ってくれる気がする。

なんと馥郁《ふくいく》と味深いスモーク・サーモンだろう。

家族

「みちをさんにとって家族とは何ですか」

「うーん……そりゃ生命のかたまりじゃよ」

「………」

インタビュアーは全国社会福祉協議会の冨田恵子さん。一瞬目を丸くした。

「ホラ！　ひとが生きるために最初に出会う酸素ですよ、大地ですよ、宇宙ですよ。殊《こと》に重い障害児にとってそれがないとどうしようもない程《ほど》密着した重要な世界なんだなァ……」

「矢張《やは》りお母さんですか」

「うん、お父さんだって同じだけど、家族という強い精神の核融合のエネルギーは母親が一番凄《すご》いねぇ、こんな凄《すご》いもんはないよ。先年、ボクの母が九十四才で亡くなったとき、五人の息子らがそれぞれ母の想い出語ったんだけど、愕《おどろ》いたねぇ……みんな自分が一番母に心配かけ、可愛がって貰ったというんだ。

その次々と吐露される話を聴き、息をのんだね。極道だった三男なんかさ、岡山の少年院に入ってたのよ……そいつが出所した日、遠い田舎から母が出て来て門のそばに立ってた――と慟哭したね。そのことはボクら全く記憶ないから、母は屹度《きっと》みんなに内緒にしてこっそり迎えに行ったんだろう」

「お母さんって、どの子にも平等なんですよね……」

「うん、今迄《まで》歩けんボクがさ、兄弟の中で一番母の愛を沢山貰《もら》ってたと思ってたんだ。それで兄弟達に申し訳ないという引けめが、絶えず尾をひいていたけど、一瞬、思いあがりもええかげんにせんかーと、どつかれたようで、母って、何んと凄《すご》いもんだと思ったね。この限りなく深い愛の平等観は正に驚嘆やねぇ……」

「家族は母の下に平等だってことはよく解りましたけど、今は子どもが少なく、一人しかいない家庭など平等意識持とうにも無理ですよね。それにプライバシイを望む子どもが多く家族から離れていく……」

「そうですね。物凄い核家族現象が今日の経済発展と文明社会をひろげましたね。けど、お年寄りや障害者がいないディズニーみたいな、カワイー、メルヘンチックな家族なんてほんとの家族じゃない。でも、最近あちこちに二世帯新築が増えてさ、再び家族というかたまりへUターンし始めてる感じするなァ。〝ゆり籠から墓場まで〟の人生という生命の構築を躰《からだ》で憶え、習得しなくちゃ人間になれんよ。幼児はお婆ちゃんを欲しがるけど、デパートに売ってないもんね。核家族は得たものより失ったものが多いんじゃんか……」

「でも、家族が老人介護の犠牲になるのは、福祉行政の怠慢といわれますが……」

「うん……家族というイメージの転換が重要ね。今年は国際家族年でしょう。今年こそドーンとさ、ひらかれたグローバルな家族観をもつようにしたいなァ……まちが、社会が、アジアが、世界が、ひとつの地球という家に住んでる家族じゃーという意識の展開ですよ。苦しいときヘルプヘルプというと、元気なやさしいアジア人がとんでくる。勿論《もちろん》ボクらもヘルプを聴いたらアフリカであれ北極であれとんでいく。みんな家族だからね。ほっとかれんじゃろ」

「国際的家族観ですね」

「うん、結局、家族って、仲よく共に生きましょうの共生じゃなくて、運命をひとつにした一体化じゃね。びっちり密着した生命のかたまりじゃよ」

「かたまるかなァ……」

「かたまり過ぎても困るけど、ハハハ」

人よ樹から降りなされ

「シゲルくん、最近どの家もクルマがさ、ガマがひしゃげたような顔して通行人を睨んどる。そう思わんかね。それもさ、どの家もどの家も道路に面した一階の入口の一番いい場所を独占してさ、いばって座っちょる」

「そうなんです。従来は道路ぞいに入口があって、疲れた足を引き摺《ず》りその儘《まま》居間へ転《ころが》り込むこと出来《でき》たのに、今はクルマが一階、人は二階」

都市計画のシゲルくんとキョロキョロ散歩しながら話した。ここ最近、市内に近い閑静な住宅地牛田《うした》の風景が急速に変貌したのだ。庭付木造平屋が世代交代と耐久限界でどこも二、三階の上げ床住居になってしまった。

クルマ社会が物凄い勢いで人を樹上に追い上げる。それもついこの前どこかの重役さんが引退し建てた木の香も新しい和風豪邸も突如パワーショベルが根こそぎ撤去し、アッという間にピカピカの樹上住居を建てたのだった。

美観も何もあったもんじゃない。ドーンと四角なまっ白い巣箱である。巣箱の下の道路ぞいの入口にはピカピカの外車が二台、ガマのようにへいげいし、通行人を睨んでいた。

巣箱が何処《どこ》もまっ四角なのは理由がある。目一杯の空間使用と二世帯同居設計を詰め込むとこうなる。美より実用が優先するからだ。重役さんも息子に帰って貰《もら》いたいために若者の要請どおり建て直したのだろう。丹精こめた植木や庭石が無惨にダンプへ抛《ほう》り込まれているのをみた。

営々と働き続けやっと得たゆとりの美生活、花や樹々と語る日々はごみだったのか。人の最後のやさしさを奪った悪の張本人は、あのガマのひしゃげた顔をしたクルマである。

先日、郊外に出て思わず叫んだ。

「ありゃなんだ——」

切りひらかれた山腹に四角の穴が無数にあけられている。まるで横穴住居の洞窟にみえる。新しい団地造成には車庫づくりが必須なんや。まずクルマさまのお住まい優先ですぞー
と不気味な穴は笑っていた。

「そのうちクルマが人を喰いつぶし全滅さすんとちゃうか……」

「うん、そうならんうちに早く人はクルマと新しい共存の手をうたなくちゃ……ね」

それは可能だよ。去年山形に行ったとき佐藤清美、淮村衛雄両くんにかかえて貰《もら》い古い農家をみに行ったことがある。それは尾形家といって十七世紀の豪農の住居だった。入口すぐに馬屋があった。土間続きにへっついがあり、上りかまちに大きな囲炉裏があった。囲炉裏を囲む大家族の団欒を馬はみながら食事してたのだろう。愕《おどろ》いたのは馬が別棟でなく人の住居の中の入口にいたことだ。

基本的に便利さ追求の構造は変わっていないが、馬は無機質なクルマと違って生きもの、家族だったことに重要な意味がある。

「シゲルくん、ここの点だと思うね。逃げちゃあかんでエー。クルマという機械に人間の生命を吹き込むんだよ。クルマに怖れまいて、樹上に逃げ込むのは犯罪とちゃうか。ホラ！あのアパートをみろ。クルマの脇の隅っこの細い階段、ありゃ縄梯子だよ。お年寄りや足の不自由な人、昇れると思うね？　怖いことになったなア……猿じゃないけど人も樹から降りるときが来なくちゃねェ……」

ピンクと黒とまっか

「そうよ、私、爆心地に近い白島町《はくしま》に住んでたのよ。穢《きたな》い話だけどあの朝、トイレで用足してたの。すると物凄いピンクの光がピカーッとしたわ。うん、脳天を衝き刺すような強烈な閃光だったよ。そうよ、私にゃ絶対ピンク色にみえたわ。すると家がドシャッと頭上から崩れたじゃないの。う、うん、私、足を怪我したけど助かったわ。痛かったかって？　そんなとき痛いのなんのって解《わか》んないよ。

頭がカーッとしてね。当時十八才の学生よ、動転してとに角《かく》逃げよう……みると辺りはまっ暗よ。倒壊した瓦礫がまっ平に拡がってね。その闇の中からパチパチと火の手があちこちあがってたわ。朝どきでしょう、家庭の台所の火もとから燃えだしたのよ。そして火の手がみるまに大きくなって、人の悲鳴と一緒にゴーと音がするの。逃げなくちゃ、私、夢中でカバンにそこらにあったシャツなど詰めて出ようと思ったら二階に住んでた被服庁のおじさんが、百合ちゃーん、助けてくれーと泣いて頼むの。みたら大きな梁丸太の下敷になっててね、私、うん、その丸太どけようと必死になったけど、びくともせんわよ。そのうち火の手がゴーゴー迫って熱くて怖くて。私、夢中で逃げたの、頭がカーッとして、何が何だかさっぱり解《わか》んないのよ。けど、自然に早稲田のおばの家に向かって走ってたわ。

あたりは燃え狂う炎と黒煙の海よ。道中凄かったわ。白島小学校の門で兵隊さんが直立不動で立ったまま死んでたよ。疎開で不在の小学校を軍が使ってたのね。辺りは瓦礫と死人ばかりだったので、立ってる兵隊さん目立ったのね。歩ける者はみんなゾロゾロと逃げていた。途中、頭の額《ひたい》がパカッと横に割れてた中学生位の少年が私の足を摑まえて「水！　水！」といったわ。皮膚がボロ布のようにむけて垂れ下がった両手を幽霊のようにかざして歩いてる人、沢山いたよ。片方の眼玉に棒が突き刺さったまま歩いてる人もみたわ。

京橋川には、とび込んだ人や死人の頭が、じゃが芋みたいにブクブク一杯蠢《うごめ》いていたよ。それから安田学園の所でコンクリートが崩れ行き止まりになってたの。とても女のこじゃ乗り越えられないわ。すると二人の兵隊さんが両腕を持ち上げてくれて通してくれたわ。うん、それから神田橋は焼けて危険といわれ、又、又、遠回りの工兵橋《こうへい》を回って、足が痛いのに、しかも裸足よ。その夜やっとおばの家に辿りついてね。高台の早稲田からみたヒロシ

135　ピンクと黒とまっか

マ、物凄かったわよ。まるで生き地獄ね。まっかな火の海が炎炎と燃え続けてるのよ。辺りがその炎の明りで一晩中ま昼みたいで、カッカと熱かったわよ。

私、矢張り女のこね。その翌日、焼跡訪ねて行ったのよ。どうしてって、金時計とりに行ったんよ。父の形見の懐中時計、鎖も金よ、それにダイヤが嵌めこんであるの……戦時中でも供出せず内緒に隠してたの。何故《なぜ》あのときカバンに入れなかったのか悔《くや》しくてね。一晩眠れなかったんだから……。

行ってみて、そりゃ凄いのなんのって、焼け尽くされた黄塵《こうじん》の海で、道路しかみえないのよ。私の家の跡もまっ平《たいら》よ。金時計捜そうと思って片足踏み入れたら、灰の中熱いのなんの、火傷しそう……金時計諦《あきら》めたわ。金時計なんかとっくに溶けちゃってる、そう思わなかったのね、おかしいでしょう……うん、二階のおじさん火脹《ひぶく》れになって死んで道にころがってたよ。」

これは五十年めにやっと重い口をひらいた山田百合子さんの被爆体験である。

ピンクと黒とまっか――この強い色感が今も残って鮮烈――。

車椅子笑笑譚

「大変ですなァ」

男が車椅子のボクをみて気の毒そうにいった。寿司詰めの新幹線の通路だ。男の腹部がボクの顔面を圧迫し、彼の両足は車椅子の鉄輪に喰い込んでる。男は苦痛に耐え、尚《なお》ボクに同情した。ボクは咄嗟《とっさ》に答えた。

「いやー大丈夫。ボカァ椅子つきだから……」

男は、プーッと笑った。

確かにボクは何処に行ってもお尻に椅子をくっつけている。立ち止まって景色を眺めるときも、ホームで人を待つときも、腰かけ場所を捜さなくてもよい。

ところがいつも手狭なエレベーターでは気がひけてしようがない。扉があくと人は一斉にせめぎ合い空間をあけてくれるのだが……、ボクは狭い同居人達にいった。

「スミマセンねェ。車椅子は何人分かの空間をとりますから……」

「なんのなんの、私など二人分ですよ、ハハハ」

そういって笑ってくれたご仁がいた。みるとスリムな女性なら三人分ある太っちょ青年。


この車椅子も電動になるとガ然世界が一変する。まるで宇宙旅行みたいジャーン。少々の坂道なんぞスイスイ。そよ風さんの喘《あえ》ぐ悲痛が背後にない。風が笑い、街がスキップしてくる。ボクは嬉しくて愉しくて、総《すべ》ての出会いにコンニチハ、コンニチハと声かけまくって走った。

「はらさん、電動車椅子のってるとき、凄《すご》く嬉しそうな顔してるよ」

そうか、思わずハピーが顔に出るのだろう。

だが、「クルマに気をつけなさいよ」といわれるとハッとする。無重力に酔ったらあかん。何処《どこ》でも自由に行けると思ったらあかん。機械と躰《からだ》が一体という錯覚起こしたらあかんでェー。

けど文明はありがたいなァ。文明さまさま、ケケケと笑って目《め》いっぱいこの恩恵味わせて貰《もら》いまショ。そこで岡山丸善の作品展には電動車椅子で出かけた。広い瀟洒な歩道、思わずルンルン……そよ風さんは追っかけるのしんどい、もっとゆっくり歩いてヨーッとボヤく。

「デイトのリズムが合わんわね」

電動車椅子で胸はってゆけば京の街
　われクッピーそっくり思わず笑う。

クッピーはボクの入選作、障害者の日のキャラクターだ。人という字に車輪がついて丸い大きな目で前方をみつめ胸はってケケケと走る、このかたちはしっかりボクに似てまっせ。

京都の地下鉄にのってみた。街の各所にさりげなく車椅子マークのエレベーター入口がある。地下に降りると電車が突進して来た。銀色の鉄板の箱、一斉にドアーがひらいた。けど、アプローチに困った。そよ風さんウロウロしてたら運転手が駈けつけ悲鳴に似た叫びをあげ、のせてくれた。ドーンと重い。なにしろバッテリーが二個もあるんだ。そのせいか電車は怒り狂い猛然と音たてて驀進した。

電動車椅子の大先輩花田春兆くんが広島に来る。電動の要請があった。業者に頼みコントロール・レバーを右にとりかえて貰った。ボクは左ききだが……。

しかし、使いなれない車椅子は哀しいもんだ。春兆くん、トイレで失敗してズボンを濡らしたのだ。別室でボランティアさんにはきかえさせて貰ってるのをちらっとみた。

軈《やが》て彼はダブダブの借物ズボン姿で現れた。わが電動車椅子の紳士は何事もなかったようにニカッと笑って走った。

百一才の時間

「ひさに逢うとらんがどうしとりんさるかね。こっちはつまらんようになってのう。毎日病院通いじゃね。そっちの婿さん医者じゃそうなけぇ、診て貰《もら》いたいが遠いけえのう……」

百一才のアサノお婆ちゃん、一人になると電話をあちこちかけまくっている。ダイヤルを回し自分の言《い》いたいことを一気に喋《しゃべ》ってしゃべってガチャン。相手の声は聴かない。耳が少し遠いのである。それに最近声変りがしてダミ声になり、身内の者にも内容がよく通じない。電話を受けたひとが番号違いで全然知らないひとかもしれない、がそれもおかまいなしだ。

お婆ちゃんの日常は毎朝二〇〇米先の病院へ息子和之の運転するクルマで通院すること、月初めの一日は「おついたち」といって孫娘達に電話し小遣《づか》い（月給）をとりに来させること、七日の法要はジープで駈けつける若い坊さんの読経をいねむりしながら聴くことを仕事にしている。

お婆ちゃんをみていると小柄な躰《からだ》から凛《りん》とした明治の女の矜持《きょうじ》を感じる。昔、中国五県下の各駅長を転々とした駅長奥さんを体験して敗戦後は丸通だったが、派振りのよかった時代、連日、人力車で芸者を連れて帰り、自宅で二次会の酒宴。お婆ちゃんの夜の就寝前の化粧の習慣は今も念入りに続いている。

朝の通院前も時間かけて首すじまでペタペタ。化粧をすました後の表情はおちょぼ口をして如何にも明治の美女の気分になりきってる。

「今日は何着ていくんや。これじゃおかしいわ、髪がええ具合になっとるかみてくれ」と着るものもあれこれ、髪形までおしゃれに気を使い、出がけはひと騒動だ。

あきれる家族をよそに、百一才で百才という呪縛からの解放感、無限大を獲得した豪放さが見《み》える。

百才の年の「老人の日」は、市の助役さんがうやうやしくお祝いをもって来られ、老人会や婦人会や小学校、幼稚園児など地域ぐるみでもてはやされ、本人は借りた猫のこのようにおとなしく少し窮屈そうにみえた。

この元気お婆ちゃんを支えているのは和之と兄嫁喜美代の二人だ。健康には歩くのが一番じゃと、毎日庭の上手の坂道をのぼり小高い和之宅を往復している。坂道には手すりがつけられており「一人でも行きまさァね」と威勢がいい。和之は苦笑してお婆ちゃんの襟首を持ち背後についていく。その景色は黒猫ヤマトの図そっくりでほほえましく美しい。

それでも「今日はたいぎい」というので和之はテレビを大型ハイビジョンにした。再《ふたた》び往復にはずみがついた。

簡易トイレは絶対使用しない。水洗トイレにせっせと歩いていく。

耳は遠いけど視力は眼内レンズの威力で抜群だ。毎日時計を見上げ秒針のようにせわしい。三度の食事は一秒も待てない性分で十二時になるとサッサとパンの残りものなど食べて昼食をすましてしまう。

お婆ちゃんをみていると限界なんて世の中にあるのかと思っちゃう。長生きの秘訣は三度の食事と大の病院好きと、愕《おどろ》く程《ほど》の薬大好き、それと時間大好きのせいかもしれぬ。その時間は活力にみち悠久を引き寄せ疾駆している。

生きる力のもうひとつに、戦死した長男英一を弔うため母として誰よりも長生きしてやらなければという熱情があるように思う。英一は明治大学在学中、学徒出陣しミンダナオ島で餓死したという。この無念も又、エネルギーになってるのかもしれない。

「ひさに逢うとらんが……」の電話があなたにも突然かかってくるかもしれない。

百一才の明治の女が猛進中です。

どうぞご容謝ください。

野菊

「土に還してやろうと思うのです。その方が父が喜ぶでしょう。町は民具を一部しか引取らない。蔵書はゴミ扱いです。これじゃ父が余りも可哀そうです。全部焼くことにしました。民俗学の雑誌が主ですけど……」

「併《しか》し、惜しいなァ、惜しいですよ。あの素晴らしい民俗学者新藤久人《しんどうひさと》先生のさ、学問形成が理解出来る大切な資料じゃないですか。先生を敬愛してる人達、これから先生の仕事を研究しようとする人達が一杯いるんじゃないですか」

「いませんよ。そんなの死んでしまったら惨《みじ》めなもんです。ゴミ扱いにされるより土に還してやった方がいい。父に返してあげるのです」

「……」

ここは広島県山県《やまがた》郡千代田町八重《やえ》のバイパスのほとりの田圃にポツンと建ってる農家。その土蔵に先生が生涯かけて集められた民具があり、「芸北民俗資料館」の看板がある。ボクは何度かスケッチに訪れ、先生から熱情的な民具の話をきいた。

それにしても突然ボクは大変なときに来たもんだ。煙が土蔵を包み哭《な》いていた。本を焼く炎が夕闇を染め、しめっぽい音をたてていた。

黒ずんだ教育史の山、堅い表紙をめくると新藤久人という力強い右上りの字が書き込まれていた。戦後の有名な外国の小説『二十五時』もあった。ボクに譲って欲しいと喉までいいかけたが止めた。父に返すという息子さんの昂揚した思いを砕くわけにはいかぬ。


嘗《かつ》て存命中の先生はテレビ、ラジオに引っ張りだこの人気者だった。飄飄とした語りぐちで、さまざまの民具から古きよき民衆の美しい心と生活を伝えていた。

長い柄のついた大きな鉄製団扇があった。これは隣りの火事の炎が移らないよう扇ぐものというから笑ってしまう。

先生は郡内の小、中学校を転転としながら旧家のヤスヤスがあると聴くとまっ先に自転車で駈けつけていた。ヤスヤスというのは改築するときに出る古道具処分のことである。

「ガラクタ先生」「ボロ買い先生」と村人にわらわれながら生涯を消えていく民具のいのち

を守るために必死に駈けづり回られた。

「寝てもおれんのよのう……。民具が助けてくれーッちゅうて、わしを呼んどるんじゃ」

親子何代も使った木の農具には手や足指の跡のくぼみがあり、脂でつやつやしてる。もうこれは正に農民のいのちのかたまりだという。

先生はこうして絶滅寸前のいのちを沢山拾い集め、使われた年代順に並べ、平易な説明をつけ、再びイキイキと蘇生させる仕事をなさっていたのである。

だが最愛の奥さんに先立たれてから急にガクンと元気がなくなり、ついに重い病いにかかり、すぐ後を追うように亡くなられたという。

そこで街に住んでた息子さんが帰郷して暫《しば》らく「芸北民俗資料館」を管理していたが、辺りに高速インターが出来、工場が建ち、田園はみるまに都市化していったのである。

そして町は目前にピカピカの民芸保存館を建てた。

「もうおしまいです」

主を喪った土蔵に入ってみた。そこにはもはや生気の消えた民具のむくろが、累累ところがってるだけだった。何たる変貌だろうか。

さわるとカラカラと骨の音がした。
やり切れなく土蔵のほとりの野菊を摘み、くすぶってる炎に投げた。

古里バイバイ野菊焼く

ななかまど

旅って　色？　味？　うん、もうひとつ……言葉かもしれん。

盛岡をクルマで走ると、到《いた》るところにまっ赤な花の樹木があった。街路樹や住宅の庭に、それは秋空を突きあげ、今まっさかりだった。「ななかまど」だそうだ。花とみえたのは南天みたいな赤い実だった。

「是非東北の黄葉みて貰《もら》いたいス」

電話の声、何《なん》と素朴でまろやかなんだろう。吉田精吾さん。ボクがまだ東北に行ったことがないというと、講演の翌日、一泊二日の温泉観光パックをプランして下さった。

東京から助人、実弟勝男夫婦まで呼びよせ、さァ行くぞ！　ボンゴが快音をたてて風を斬った。

クルマは岩手山を左にみながら岩手、青森、秋田三県を一周したことになる。

野武士のような豪快な岩手山の麓に横たわる壮大な樹海。とび込めば一生出れませんよという大自然の悠久さに目をみはった。

クルマは限りなく高く登り、峯を走り、少々疲れた眼前に突如目がくらむような強烈な原色、まっ赤、まっ黄色がドーンと叩きつけられた。

「ワー、凄《すご》い!」

八幡平《はちまんたい》はいま、最高の美の世界を大自然のキャンバスに力一杯燃焼し描いてみせてくれたのだ。ボクらは一瞬息をのんだ。

いのちが最高の状況でスパークした時、人々は心を衝つ。出会いもみなそうだ。十和田湖も田沢湖も、今年の黄葉はパッとせんという地元の話だった。そりゃそうだろう、最高の出会いがそう沢山あるもんじゃない。

つまんなさそうな十和田湖の観光客を尻目に、ボクはリンゴを丸ごとかじり、ルンルンの風に吹かれ、大自然とお喋りが出来た。東北は躰ごと感じるもんや……吉田兄弟さんがボクをクルマから何度も降ろして車椅子を押してくれた。おかげで東北弁がボクの躰に染み込み、重くなった。

その夜は兄弟さんの介助で田沢湖温泉に浸った。全身を洗って貰い、湯の中でボクはいい湯やなァを連発した。「この湯は一週間後も温《ぬ》くうて皮膚がツルツル、気持ちいいス」

翌朝、折角だからと一人でゾロゾロ這って入った。すると兄弟さん心配してとんできた。

「ヤァー」

湯気の中に二人の笑顔が浮かんだ。何んとやさしい人達なんだろう……ボクの「ありがと

う！」が湯と泪で濡れた。

吉田精吾さんはタクシー会社の社長さんだ。二十年前盛岡の郊外の広い敷地に「つばめ幼稚園」を創立なさった。その二十周年にボクを呼んで下さったのである。郷土芸能「さんさ踊り」もみせて貰《もら》った。こりゃいい、いいなァ、踊りこのしなやかで豪快、流麗でセクシー。あの手振りが何ともいえん。そうだ、ありゃ風になびく草木のスピリットだ。

ピチピチした東北のいのちをみた。東北に今、日本にみえなくなったいのちがある。いのちは自然なんや。人なんや……

旅の愉しさは、このいのちにふれることだろう。

だが、ボクの旅って、うん、奪うより戴く度合いが多いなァ……。これはボクの物理的なことだ。いいのか悪いのか解らない。今回も吉田さんの言葉から貰った。

東北弁の素朴さ、まろやかさは、自然が搾《しぼ》り出したいのちの色であり、矢張り長い歴史が醸造した愛なのだろう。

ななかまど　青空に飛ぶ　まっかっか

桜

玲子ちゃんにはピンクだよ。

断然！　やわらかい匂うようなピンクだね。

彼女は色が白いこだから、笑うと忽《たちま》ち頬っぺにピンクが立ちのぼり、赤いセーターがパッと映えて素敵な花になるんだ。何《なん》と美しい花だろう、何《なん》と眩しい色だろう。ピンクは生きてる色なのだ。


毎年、三越デパートで新春初釜会がある。玲子ちゃんはそこで美しい花柄の和服地仕立てのドレスを着たお嬢さんや、晴れ着の若い女性達に囲まれ、静かにお茶の接待を戴《いただ》くのが行事になった。

大紅傘の柄に短冊と竹の一輪挿しに紅梅が生けてあった。奥座敷では金屏風に琴の演奏もあって、辺りは薄紅色の花の色である。彼女は紅い毛氈の椅子に優雅に座って俯向《うつむ》いた。うなじが薄桃色になった。彼女は解《わか》ってるのだ。自分が今、花になって匂っていることを……ボクらはうっとりとそれをみていた。

玲子ちゃんのピンクが立ち上がり匂い燦めく季節は何といっても四月三日だろう。その日が丁度彼女の誕生日だから、毎年、近所の牛田公園へ家族総出でお花見誕生パーティーに出かける。

「玲子ちゃん！　お誕生日おめでとうー」

ボクが手がきした紙の幟《のぼり》を押し立ててみんな一斉におめでとう！　をいったら、玲子ちゃんパッとピンクになって空を仰いだ。

そして「パッパッパッー」と例の片手を高々と天にかざす得意のポーズをしたのだ。歓喜絶頂が響いた。満開の桜がゆれる。

辺り一面うっすらと、それはそれはメルヘンチックの海。玲子ちゃんの生命はそよぎたち、もう只《ただ》ごとではない。

大きな口を開き歓声をあげるたびに、ひとむらの吹雪が彼女に降りかかった。

笑ったお口の中に花びらが数枚……ソレッ！　とお寿司をひとつお母さんが素早く入れる。玲子ちゃんはお口の中の乱入物が何であるか、自分に執って敵か味方かを一瞬撰択し判断してから、モグモグと飲み込みなさる。

玲子ちゃんは噛むことを知らないから、歯は退化して殆《ほと》んどない。大好物はお寿司のトロ、卵焼き、味付海苔、飲物は紅茶……要するにこのコはメルヘンチックな環境とやさしい色彩が発信する言葉しかききとれないのだ。
この心身障害の玲子ちゃんの宇宙は何《なん》と凄いことか。第一不便な言語という記号が不用なのだ。ボクらは余りにも記号にしばられ、身動きならなくなっている。


ケン坊（三才）が少し太めの玲子ちゃんの手をひいて桜の木の下をヨチヨチ歩く風景が、又《また》何ともいえないほど愛らしい。

四月三日のお花見パーティーは、時には安佐動物園の桜の木の下ですることもある。動物園に到着するとケン坊はまっ先に「臭い！」といった。そうか、それは気がつかなかった。いってみれば動物園は巨大なトイレ（香炉）なのだ。ホームも、植物園も、天に向かって放ってる甘酸っぱい生命、玲子ちゃんと花と同じものである。

わが玲子ちゃんのお花見誕生パーティー一行は年々一人ふえ続けている。双子の妹が交互に出産し、九十才のお婆ちゃんと車椅子のボクと嬰子《みどりご》と幼児と……みんなあの熱烈ピンクファンなのである。

天も地もこわいほどの桜哉

半胴

あのほしいほしいと思っていた半胴《はんどう》がやって来た。ボクのアトリエにドテーンとお座りなさった。

目いっぱい口をあけた丸い胴体が上から下へ続いて底の辺で急にすぼんでる。直径四十六センチ、高さ五十三センチの赤茶色の水甕《みずがめ》である。

子どもの頃、どの農家にもその半胴がごろごろしてたのを憶えてる。手押しポンプや流し台のそばにドテーンと座ってた。

その頃、毎朝ポンプの水を半胴に一杯入れるのが子ども達の日課だった。ポンプがない家は近くの谷川水を汲んで運び半胴を満水にした。半胴は土にも埋められ糞壷に使われてた。半胴は生活と密着してたのである。

ボクは半胴のある風景を何度も描いた。ボクのルーツにそれは切り離せないことをしった。それから無性にそれがほしいと思った。
ほしいほしいと思ったら手に入るものだと誰かがいっていた。けれど仲々《なかなか》手に入らない。骨董屋にいけばわけないだろうが、それでは半胴に申し訳ない。生きてた生命、感動が恋しいのかもしれん。

最近描いた絵に母さんがお米を研《と》いでる図がある。母さんのそばに津田式手押しポンプと例の大らかな半胴がある。

母さんのやさしい手で
こぼれたお米は救われました

「こりゃ、おちこぼれのことですね」
絵の中に書きこまれた言葉。いい文句だ。今、教育問題になってる重要なテーマですねとＮＨＫの清川アナウンサーが対談のときいった。ボクはびっくり、ヘエーと感心した。書いた本人が気がつかないことだった。教育しようと絵を描いたわけじゃない。

「ポンプがあるのに何故半胴に水を貯めておくのかといいますと、村の地下水は目にみえない微《こま》かい砂金が無数に入ってるのね。陽がさすとそれがキンキラと雲のように浮遊してるのがよく解《わか》ります。ですから日常の飲用水は半胴に砂金を沈殿さしてからソッと掬《すく》って使用してたんですね」

そういう話、面白いからテレビ対談のとき話してほしいといわれた。半胴のことを話するのは、母さんのことを話しするように嬉しい。

それから暫《しばら》くして半胴の産地をついにみつけた。島根県の温泉津《ゆのつ》町だ。行ってみると焼物店には期待した半胴はなく、小さな蓋のついた漬物用の半胴ばかりだった。水甕の半胴はもう生活用品ではないのだ。

同じ島根県の石見《いわみ》町の山手に、独りで窯を築いて頑張っているという若い陶芸家、日高昭夫くんを訪ねた。そこにはあの半胴が沢山あった。

いいなァいいなァ、ほしいなァ、不用なのはないかといったら彼は苦笑した。どれも釉薬《うわぐすり》が入れてあり、それは陶芸家の大切な道具だったのだ。

彼は世界中を彷徨《ほうこう》した果て、土に向かって自分のいく道をみつけた。これから人類がめざすのは土しかない。それは躰で得た強靭な結論だった。古代人は凄いなァ、目が回るような緻密な線でデザインしてるよ。そういって彼は発掘された地元の縄文土器の復元に挑戦してた。

その彼が使用してた半胴をプレゼントしてくれた。ほしいほしいと思い続けた半胴。それが今、ボクと一緒に生きてる。

露草ぬれて半胴もぬれてぬれて

161　半胴

アート天才塾

「エー、それではこれから始めます。この教室は『はらみちをのアート天才塾』としました。え？　美術クラブの方がええって……そうかそうか、でもはらさんになったらイメチェンしなくちゃね。みんな絵が好きなんよね。

よかったね。好きだけど描くのは大儀のもいる。そこのこもう画用紙に俯伏《うつ》せ眠っとる。いいのいいのよ。居眠りして涎《よだれ》出したら紙に滲《にじ》んで立派な絵になる。誰も出来ん自分だけの芸術じゃもんね。そう、芸術は上手下手じゃない。誰が優劣を決めるのよ。

生きてること、それが芸術じゃ――

ひとそれぞれ　天才だから、天才は個性だから自分の好きなものを描けばいいのよ。併《しか》し好き勝手に描くのもいいが、キラリとしたもの、アイデンティ、感性、ベクトルがほしいよなァ……、はらさんの話わからん、難しいか、そうかハハハ、わからんでもいい。ヨッシャ、ここで一丁みんなで描きたいテーマ出し合って決めよう。そのはしっこに座ってる女のこから言ってごらん『うさぎ』うん、『時代劇』へェ……『チューリップ』かわいいね。わかった、いろいろあるね。うん、時代劇でもチューリップでもいい。何を描いてもいいけど絵の底に流れる一貫した共通のテーマをはらさんが決めよう。そうだナ『五月』ってのはどう？ゴールデンウィークもそうだし『五』に関係ありゃ何でもいいんだ。鯉のぼり？うん、いいね。みどりの風。旗。つばめ、いいじゃん、ファイブファイブ、感じるぞ……」

あさ南作業所の美術クラブ。男女十四名、牛田公民館の和室に集った。

自閉症の男の子、よく喋《しゃべ》る歩行困難な女の子。俯向いてパパパと奇声を発する青年。絶えず歩き回る多動児。それぞれ見事な個性を持った天才集団である。総勢九十余名、各クラブ活動も活発だが、農作業、木工、部品委託加工など、指導者が率先して働き、月給も支給され労働意欲も盛んだという。

タカユキくんが隣の女のこに、

「ヨーコちゃん好きよ。二十五日、月給貰《もら》ったら一緒にデパートへ行こう。おごってあげるからね」

と小声で喋りながら愉しそうに絵を描いていた。

キヨシくんはグレイのクレヨンで、巨人の清原がホームラン打った瞬間を大胆な構図で描いた。

今泉信介《いまいずみしんすけ》先生が愕《おどろ》いて拍手した。

「凄《すご》い！　五月のテーマ、ピッタシカンカン」清原の背番号『5』が黒々と書き込まれてあった。

うーん、お見事……ボクは意表を衝く発想に天才をみた。

「どれどれ、ほほう……うさぎもチューリップも正に五月という感じじゃん。時代劇も着物の柄が〝あやめ〟──憎いねハハハ」

中でもトシくんの作品には度肝ぬかれた。太い黒のクレヨンで画用紙一杯に顔を描いた。まるでルオーの絵だ。顔には巨きな目玉が二つ。その目玉の奥から夥しいブルーが荒々しく音たてて飛び散ってる。頬に、耳に、頭上の髪に強烈なブルーブルーブルー色が叩きつけるように塗り込まれボクをギロン！　と睨んでる。

これぞ『五月！』

まっ青になった。

165　アート天才塾

生き残りじゃ

「こんなこは水泳させりゃええ」白髯の福光老医者はボクを一蔑言下にのたもうた。これは時代を先取りした名診断だった。戦後水上勉の長女直子さんは脳性マヒによる別府温泉治療の先がけだ。

ボクは五才の時、阪大が脳性マヒと断定。生まれる時に窒息、酸欠が原因。脳性マヒは若草園創設者が九十パーセント酸欠が原因と発表されて久しい。

過日、厚生省の座談会に出席、ボクのようなタイプは痙直型だと大学教授。脳性マヒには直下と水平（アテトーゼ型）がある。早とちりのボクは痙直を直下と聴き、学者というものは矢鱈《やたら》に分析分類するもんだナと感服。

後で思い出すのは村医者のこの直下型診療である。「只の風邪じゃ、たいしたことねえ、一日休んで薬飲んで寝とりゃ治る」

戦中甘いジュースなどないので、医者から貰う水薬、これが唯一甘い飲み物だった。そこでボクは精一杯ケ病をし、シロップにありついていた。ケ病なのに母は本気で心配し、ボクを度々背負って病院に走った。ボクは病院が大好きだった。あの消毒液の匂いはボクのこわばった全身に直下シャワーを浴びせた。ボクは洗われるようなこの快感に酔った。

或《あ》る時《とき》腐った豆腐を食べてひどい下痢嘔吐。福光二代目の医者が往診に来て尻から流れるピンク色の汚物を嗅ぎ、無造作に大腸菌カタルとのたもうた。

「赤痢じゃないですか、先生」と母。

「そんなこといったら大騒ぎじゃろうが、解る……？」とニヤリ。

「ハイ」母はこの二代目の直下診断に頭を下げた。というのは当時、赤痢コレラといえば村中大騒動、役場から消毒班が出動、出菌者の近所の家屋迄《まで》消毒を浴びせ患者は隠れ病棟へ、村びとは白眼視していたのだった。

その頃の農村の子どもは矢鱈《やたら》に死んだ。柿喰いすぎて一夜でコロリ。アイスキャンデー食べてコロリ。昼間あんなに元気で一緒に遊んだのに翌日もういない。脳性マヒの嬰子は殆《ほと》んど死んでる。村のひとは無関心が多いというより、病院はカネがいるというのが最大の原因だったろう。ところで最近は直下型より水平型が多い。ヤレ血圧、血糖値、ＣＴだなんだで徹底的数値が出ないと治療できぬ時代になった。

話はそれるが昔の病院は風情があった。どの病院も何故か白い痰壺が夕闇に沈んでいた。

「何？　七十三才!!　あんたは脳性マヒの生き残りじゃ」と西条の老医者がいった。あの戦時下、ボクのようなものが生きてこれたのは、母が必死になって病院へ走ってくれたお陰だろう。

ボクは医学の未来を信望するけど、直下型も悪くないなァ……数値がひとをコントロールする水平分析のゆくえを思う……

169　生き残りじゃ

妖と神秘とナマナマしさと

村に「雲井座《くもいざ》」という劇場があった。

大正時代に建てた回り舞台の装置と座敷の後方のせり上りや二階席、そして花道など、当時では最高水準の建物だったそうだ。

ボクは母に背負われて、素人役者の演じる白浪五人男や清水次郎長や雨が降りまくり切れまくったフィルムの戦争映画などをよくみに行った。その「雲井座」の記憶を絵にかいて村で作品展をしたら古老のひと達に「ほうよのう、わしゃこの舞台の下で回り舞台を回しとったよ」といわれた。建物は昔のひと達の心の奥底にだけ妖の湿気を帯びて残ってる幻なのだ。

ボクの幻の中でも古里広島県北大朝は、敗戦の一時期が一番ナマナマしく面白い時代だったと思う。引き揚げた兵隊や、戦火で焼け出された都市の家族達が、親戚縁故を頼ってドーッと村になだれ込み、土蔵や駄屋や納屋に住み、人口が一挙に膨れあがったのだった。

ボクの家の裏にあったボロ長屋も面白かった。その時代の流浪人が入れかわり立ちかわり住んで去っていきナマナマしかった。

両脚のない色白の女と痩せた映画をみせる男がいた。村巡りの映画興行師だった。トランペットを吹き、女が杖をついて胸に吊るした太鼓を口にくわえたバチで叩いて畦みちをふれ回っていた。

彼らの夜が又凄かった。闇の底から天を裂くような激しい夫婦喧嘩の声がした。最後はヒーヒーと女が声を殺して泣いていた。

ボクらは好奇の目で覗き見《み》したが硝子戸の奥は深い闇だけ……「子どもは見《み》ちゃいかん」と母に何度もたしなめられた。

気の狂った老婆も住んでいた。ゆれる蠟燭の明りに浮びあがった老婆の横顔は凄惨にみちゾーッとしたものだ。何やらブツブツ呪文をとなえながら出刃包丁を激しくふりまくるのだ。破れ障子からその鬼気迫る顔がみえ、ボクらはこの世に初めてみた地獄の妖気を感じた。

それから老婆は母に慇懃に挨拶して立ち去ったそうだ。

「お婆さんはいいひとだよ。ブラジルの息子のところへ帰るのだそうよ。よかったのう」

そのお婆さんの後に、原爆で顔半分ひどいケロイドになってた闇屋（ブローカー）が住んだ。革ジャンにまっかな半長靴をはき、黒サングラスをかけまっ赤なマフラーで顔をかくしていた。母に石鹸やマッチを渡して米と交換するのだ。生活物資のない農家はみんな喜んでいた。

彼はヒロシマの闇市から干魚や干肉や進駐軍の罐詰など、安く仕入れては農家を回り米と交換し儲けまくっていたのだ。

「今度奥さん、ひかりのええイリコ二俵持ってくるから」

といって母から米を先どりし、再びボクらの前に現れなかった。ひとのよい母達を次々と騙していく闇屋に子どものボクは腹がたったが、今思うと被爆者の哀しみを只管《ひたすら》隠して生きた彼のナマナマしさに愛しさを憶える。

古里には歴史という妖気があり、それが又《また》ナマナマしい。隣村の新庄学園が突然全焼した。天を焦がす炎があかあかとボクの家からも見えた。

炎の中に百姓一揆のおれんかん平が忽然と現れ、宿直の剣道の先生に「わしの墓石が川原にころがってるので祠をたてて弔ってくれ」といったそうだ。むかし百姓のために悪徳代官と闘ったおれんかん平は逮捕されスノコ巻きにされ江の川に投げ込まれた。すると死骸は川下に流れず川上に遡行し消えたそうだ。

それから村はその祠を建て霊を弔った。

その新庄村は毛利の歴史の妖気があった。

小倉山城趾のため池には牛の子という堅い木の実がある。二つの鋭い角をもつ黒牛の顔にそっくりだ。

牛の子は兜を被った武士にもみえ重い歴史の懊悩を凝縮した悲憤にみちた形相をしてる。最近それはヒシの実だと知った。

毛利の吉川一族の小倉山城趾には昔から妖と神秘にみちたナマ臭い空気があった。これは雨量の多い湿地盆地のせいかもしれんと思っていた。併《しか》し今は歴史はあってもあの戦後の山里に生きた人間のナマナマしい妖気はない。

ボクはこのナマナマしさが凄く好きでいつか絵にかかなくてはと思うのだが、このところあの妖と神秘とナマナマの幻がどんどん遠くに霞んでしまうので、気ばかり焦ってしようがない。

ミュージカル顛末記

──エート、このドラマはお爺ちゃんの銀時計、昔の懐中時計ね。原爆の八時一五分に止まってね。お爺ちゃんはランコに渡して焼死するんだ。ランコは失神してね。幻想の世界でね、逃げようとするんだけど八時一五分の針がドーンと行手を遮《さえぎ》るのね。そこで力持ちのクマや象や鯨さんに引っ張って貰《もら》うがビクともせん。すると天国からお爺ちゃんが、被爆ヒロシマを忘れない為にその時間は永久に動かんのよ、というんだ。そしてランコ達は気がつくと針が消えてない、被爆者の群れと一緒に逃げるんだよ。お寺の境内が被爆者の救護所になってね。そこで水をくれ水をくれといって死んでいく被爆者をみてね、ランコ達は誰がこんなひどいことを！　と絶叫するんだ。そして、これからどうなるの、五十年後はどうなってるんだろうと叫ぶんだよ。すると天国のお爺ちゃんがね、銀時計は止まったけど、もう新しい平和の時間が始まってるよ。新しい時間はね、アジアの人、世界の人、不自由な人、いろいろな人や動物がヒロシマに集まってね、まあるい花時計になって踊ってるよ。ホラ、踊りの大好きなランコの出番だよ。さア、すぐ行きなさい。そういうんだ。お爺ちゃんありがとう！　ってさ、ランコは花時計の踊りの輪に入って踊るんだ。

要するにこのミュージカルはさ、「時計」をテーマにした陰と陽のコントラストだね。明解なね、ホラ、重い原爆の「時間」と華麗な花の「時間」だよね。哀しみのうたとそれをはじきかえす希望のうた、輝き、未来に溢れた平和の「時間」だよね。

＊　＊　＊

ボクは法輪幼稚園の若い女性の先生達六人に熱っぽく説明したのだった。生まれて初めて書き下ろしたミュージカルだった。「お爺ちゃんの銀時計」の構想は十数年前から暖めていた。絵本に描こうと思いながらまとまらなかった。絵になりにくいストーリーではある。好評だった絵本『ピカドンたけやぶ』のミュージカルの次の新作を法輪幼稚園の宮武先生から依頼があり一気に書いた。

作曲はいつもコンビを組む高田竜治くんにお願いした。彼はＪＲに勤める広島合唱団指揮者で忙しい身だが、アッというような素晴らしい曲をつけてくれた。テーマソングと共に十二曲、それぞれがそれぞれ美しい。

彼と若い六人の先生達がボクのアトリエに何度もやって来て盛んに論争し、振り付けし、
修正しながら次第に完成していった。
テーマソングが最後まで難航した。哀愁のある重い曲はいいのだけど、子ども達がのって

こないというのだ。リズムのテンポを後半あげられ、これなら踊れそうということになった。脚本も五度書き直した。子どもにとってセリフは一行が限界だという。長ければ分割して出来るだけ全部の子ども達に喋らせたいという。又《また》、来年は丁度、被爆ヒロシマ五十周年になるので、それとアジア大会も迫っているのでそれとも関連をもちたいという希望が出た。ＯＫ！　その都度ボクは簡単に書き直した。脚本はあくまで道具だから、使用出来るものを優先しなくちゃ……現場の先生方、演出家が使えないものは二束三文にもならんよ。だからほんとは脚本家ってさ、現場で演出しながら修正していくのが理想だけどなァ……

＊　＊　＊

八時十五分を指して止まった懐中時計は原爆資料館にあると思うが、ボクの書いた「お爺ちゃんの銀時計」はそれではない。これは近所の山田百合子さんからきいた実話をもとにしている。山田さんは当時女学生だった。市内に下宿してて被爆、焦土を必死で逃げる途中老人から懐中時計を渡され、翌日返しにいったが老人も家も跡形もなかったという。

＊　＊　＊

二月八日の上演が間に合わず来年に延期になった。今、全身の力が抜けたようにがっかりしてる。

ヤメロ！　ヒガミッポー！

――エー、ボクはこういう審査員初めてです。今からですね、中、四国ブロックから選ばれた共同作業所の皆さんの意見発表、聴けるんですねェ……このピーンと張りつめた空気、興奮しますねエー、ボクが興奮しちゃイカンけど……

エー、意見発表の前に、ボクの審査目安をいっときます。何を基準にしようか悩んだけど、やはりチャーミングだね。チャーミングがいいねェ、めいっぱいチャーミングしてくださいよ。うん、チャーミングは言葉ですよねェ、言葉のいえないコの武器ですよね。ボク……ほんとはね、言葉なんて嘘ごとが多いので何も喋《しゃべ》らん人、ただ、ボーッと立ってる人をとりたいと思ったね。いかに喋らないかー、というメッセージに最高得点与えたいなァ……わかる？　躰《からだ》から発信してる言葉……これ程素晴らしい真実のメッセージはないのよォー。でもさ、喋らなきゃコンクールにならん。というわけでさ、チャーミングにしました。どれだけチャーミングでボクに迫ってくれるか、迫られるか、期待してますよ。

結果、その日は「サクラ先生が大好きです」といった女のコが、先生の奥さんと子どもさんに会ってショックを受けたけど、今は奥さんも子どもさんも大好きになってる……という、この素直で真摯な意見がチャーミング抜群だったのでボクは最高点を出して推した。他の審査員も同意見だけど、二位の候補は二人いて、ボクの推した「私の足はダイヤモンド」という女性と、もう一人の作業所に通う「生きがい」を語った重い言語障害の車椅子主婦が競ったねェ、審議が凄く手間どっちゃった。

ボクの推す「ダイヤ」の女性は片足が補助具で劣等感にひがんでたのを主人が励ますという一種のオノロケ談だが、ポチャポチャ美人だし、話術もチャーミングだから東京でも通用すると言ったんだ。否、東京で発表するのだから困難な状況の中で作業所での生きがいを論じた方が共作連行事の主旨に叶ってるという論が多く、結局、東京出場二名は「サクラ先生」の女のコと、「生きがい」主婦に決定した。

＊　　＊　　＊

全身搾り出すような聴きとりにくい難渋メッセージにも、その発信のエネルギーは確かに

181　ヤメロ！　ヒガミッポー！

チャーミングなのだが、こういうのがド迫力あるからいい、これが障害者だァー！　文句あるかァーッ!!　みたいなものが、いつまでも続くって……考えさせるよなァ……

東京での全国大会ではほとんどこんなのが集まると思うが、それはそれとして、何かを斬りひらく段階として必要かもしれんけど、本来の「ひと」としてのチャーミングがみえなくなるって、怖い。

今回の審査で嬉しかったことは精神障害者が四国と、山口代表も出ていたことだった。

この人たちの出現は障害者の歴史を塗り変えるものとしてボクは大いに期待してるのだ。出場者は二人とも男性で教養もあり、毅然としたポーズで語ったが、二人とも共通してるテーマだったのでボクはガッカリした。ハッキリ言ってヒガミッポーという鉄砲の連発であった。いわゆる社会参加における社会への根づよい偏見のヒガミなのだが、これは初歩的障害者理解問題であって、もっと精神障害者独自の角度からそれを変革する提言が欲しかったのだ。

ボクたちひろい意味で、今の障害者はヒガミッポー論を逆手にとって、障害者ってオモシロイ、チャーミングだぞーと主張し、世の中チャーミング群団で元気をうずめつくすときだといえないか。

吉原さん

頑強なボディに丸っこい顔がのってる。吉原さんはとりたての大きなじゃが芋みたいだ。いつも躰から野の匂いを放ってる。ねっからの農民そのものだけど、ただの百姓ではない。撓《た》ゆまぬ新鮮な発想と行動が走馬燈のようにキリキリ回転し続けてる。

過疎の広島県北豊平《とよひら》の山奥に、毎月第四日曜になると、都市の元気な子どもの声がどっと湧きたち木霊《こだま》するようになった。吉原さんが自分の農地を開放し、街の子どもたちに農業体験学習をさせてやりたいと私立農業小学校・豊平青空教室を開校。新聞に呼びかけるとナント予想を上まわる人員が集まったのだった。遠くは北九州や大阪方面から駆けつけた親子づれもいた。

ここの先生は村のお年寄りたちだ。このアイデアは正解だった。老人たちは孫ができたように喜び、農具の使い方を手とり足とり指導するのだった。こんな素晴らしい高齢者生きがい施策はないと役場も大喜び。毎月一回押し寄せる都会の親子づれの五百名来村は、確かに村始まって以来の活性化であった。今年で四年めだが、生徒数は増え続ける一方だ。

それに応えて村は集落あげて協力態勢を敷いた。なんといってもその前日の準備態勢がじつに素晴らしい。まず当日の学習プログラム企画作成がなされると、各自一斉にその小道具、材料づくりを分担し喜々として大忙しである。

時間割をみてびっくり感嘆した。一日をめいっぱい活かして愉《たの》しい体験学習がビッチリできるよう盛り込まれている。

力一杯、親子揃って、野の風と遊んでください。吉原さんは子どもの歓声が大好きなのだそうだ。この静かな村里を子どもの声でうずめたい――吉原さんの夢が叶《かな》った。どうか充分愉しんでください……というやさしさがプログラムに溢れてた。豆腐づくり、そばづくり、餅つき、蛙競争から、紙すき、山菜おこわづくりと、みんな好きな科目を自由に選んで熱中を誘う仕掛けになっている。こうして全身に自然とふれあう歓びをタップリ食べ、帰りは自分たちが収穫した大根、芋など、どっさり土産に持って帰ってもらおうという吉原さんのおいしいやさしさである。

こういう風景をぜひ絵本にしようということになった。児玉さんが今江さんの豊業小学校という絵本を参考に長い詩を書いた。絵はボクにと吉原さんが指名した。吉原さんはボクが描いた豊平小唄のジャケットの絵、丸っこい子どもが気に入ってたのだそうだ。ボクは早速現場を久保木くんのジープにのってスケッチに行った。

吉原さんは新しい自然塾を開いた農村寺子屋の教育プロデューサーだと思った。次々とおいしいアイデアを実行した。その日もミスミルクを二人呼んでいた。純白に包んだミルク嬢とみんな並んでハイ、チーズ！

＊　＊　＊

絵の中に、女の子がウンチの出る牛のお尻をみて愕《おどろ》いてる場面がある。吉原さんの牧場の牛は鼻グリつけてたっけ、角はあったっけ、耳に番号札つけてたっけ、電話したら角は焼いて生えないようにしてる…と奥さん。

すると翌日すぐに吉原さんが大きく引き伸ばした牧場の写真持って来てみせてくれた。

「ヘェー、牛のオッパイ、四つしかないかァ」。ボクは乳房を八つ描いてた。

「こりゃ豚でさァ、牛はお尻からみたら二つしかみえん」

そうか、ボクは左右四つ、合計八つぐらいあるもんだと思ってた。思い込んでたから図鑑で確かめようとしなかった。

「とんで来てよかった、よかったのう……」

乳房を八つも描かれちゃ、農民先生困っちゃう――

うなずく吉原さんは、満足げに笑いながら帰っていった。

ニューヨークに行く

高層ビル、青空、そして眩しい白雲！　スカッとする。たまらんなァ……

六階から見降ろすニューヨークの眺望は素晴らしい。玩具のようなクルマがビルの谷間を走ってる。

ボクの日常は湿気の多い六畳空間。そして物置場のようなアトリエをトカゲになって這い回り、躰が次第に重い鉛になっていく。

ああイヤだイヤだ。リフレッシュしたい。こんなとき矢もたまらずニューヨークへ翔ぶのだ。

ニューヨークは面白い。何といってもひと、ひと、ひと……異人生が寄り集ってるところだ。

無性に、違ったこの地球の住人達とじっくり話をしたい。しかも裸でつき合える愉快さはここしかない。

このボクのニューヨーク行きとは、近所に建ったピカピカのビルの福祉施設六階にある大浴場に入浴することである。

毎週土曜の十時から十一時をめざし電動車椅子が翔ぶ。心に弾みが出てきた。デイサービスである。

梶山さんはテーブルの片隅でカラフルな色紙を並べて折紙をしている。この色紙は百キンで買うのだそうだ。買うたび色が微妙に違ってるという。

最近糖尿で視力が減退し殆んど手さぐりのカンで折るという。まず小さな花房を沢山折り、ボンドで接着して丸いボンボリにしたり、お雛さんやおとぎ噺の人形を作ったりして見事な折紙の立体アートをみせてくれてるのだ。

イラク戦争の話になった。

自爆テロは日本が元祖じゃね。うん、その特攻隊の死にそこないだと苦笑する。重い沈んだ空気を背負ってる。敗戦間近のこと、日本にはもう戦う飛行機が一機もなくなってた。森の中に隠してた双翼練習機の出番だ。

「ボクら赤トンボといってたよね」

「うん、こいつ、木製だからいいこともあった。敵のレーダーにかかりにくいからね。敵艦上空に突如現れて突っ込む。ハハハ、愕いたろうなァ、けど成功しなかったそうだ」

「そうだね」

二人は曖昧に笑った。彼は最後の予科練だった。

ボクと梶山さんは桧風呂の常連だ。ボクはシャワーチェアにのりかえ浴槽に入れて貰う。そのとき無意識にヘアを隠した。彼はスッポンポンだ。「伊藤博文が満州の皇族にいわれたそうだ。隠すひとは下級出身だろ。王さまは隠さない、辱しがらない」

彼はニヤリと笑って浴槽を出た。

その梶山さんが来なくなった。手術のため入院したそうだ。彼のいないニューヨークは寂しい。広いフロアーをうろうろした。すると突然眼前に蝶々の群団が音たてて上昇しているのにぶつかった。

色とりどりの美しい蝶達である。よくみるとピザの文字、商店のマークがある。広告のチラシで折られてるのだ。梶山さんの折紙だった。ボクは感動で息をのんだ。元気な彼のエネルギーが脈打ってる。

もう大丈夫。カラフルな蝶々の翼が美しい。風が吹いた。みとれてフワッとボクも蝶になった。全身がすがすがしく軽い。

ヒラヒラと、リフレッシュして帰った。

元気！

「元気？」

とひとこと賀状に書いたら「元気元気！」と返事がきた。

新宿の歌子さんからだ。随分昔になるけど新宿伊勢丹で個展をして以来、毎回東京界隈の会場に駈けつけて「ヤァヤァ」呼吸弾ませて来て下さった姿に感謝で胸が熱くなった。

新宿に高層ビルが一つ二つ、まだ都庁は無かった頃、歌子さんが「お太鼓ポンポン叩いてんのよ」といった。歌ったり踊ったり、趣味か芸人さんか、何しろ住いが名だたる天下の歌舞伎町だ。明るい元気なポンポンの音がきこえる。その歌子さんの葉書に「元気」の言葉が消えた。「老々介護の日々です」との小さな文字が一行だけ……

「元気！」という言葉には鉄の鞭がある。励ましの好意かも知れぬが押しつけがましい残酷さも含まれてる。気がつかなかった。けれどこれ程美しい相互を活性化する信号はない。

「元気元気！　ワッハハ」

高橋㑨《すすむ》先生の電話の声は天井に響く高笑いがつく。こちらもつられて「元気元気！　ワッハハ」先生の透明な声質は包丁でトントン刻み込むような歯切れのよさがある。何か機械のように硬質でなまぬるさがないのだ。

それもその筈、話をきいて納得した。早大在学中バイトで交通事故。顎を大手術。以後強度の吃音が綺麗に治った。その時、吃音の要因は顎だと体感。独自に顎の訓練に依るＳＴ言語治療所を立ちあげ、どんな重い言語障害児も僅か六ヶ月で「お母さんありがとうございました」と言えるようにして世間をアッといわせた。ＳＴ吃音言語治療学を学びたいと全国からひとが集まり『東京ジョイント・クリニック』が創立。沢山のＳＴ言語治療師を世に送られる。

圧巻は三日間の夏期セミナーだった。初日は集団音楽療法を創設された故加賀先生の活動を映画で学習。それから門下生の治療体験スライド発表会があった。

ボクもゲストとして参加した。

殊に高橋先生との対談の時間がバカ受けで二人の「元気元気！　ワッハハ」のキャッチ

193　元気！

ボールに会場が爆笑の火だるまになった。ボクの田舎の母がウンチを宝物のように大事にし捧げ持って畑にかけていた。畑が、チューチューと嬉しそうに吸った……そういうたわいない話だが、「そりゃ元気元気！　ワッハハ」と手を叩いて笑われた。

三日目は集団音楽実習で『おしりをポンポンおつむもポン』の遊び歌をうたい大きな輪になったり小さな輪になったりした。先生は会場せましと走り回りころげ回り毬になってその輪を引っ張っていった。

先生が急逝した。

あの「元気元気！　ワッハハ」は今、思うと搾り出す声だった。沢山のひとの心のキャンバスにナマナマしい元気色のチューブがびっちり搾り出され塗り込まれていった。

今年の歌子さんへ出す賀状は、

「元気出してーッ！」とひとこと書いた。

母子の糸

「やっと帰ってきてくれたんね。よう帰ってきてくれたのう……ヤレ嬉しや嬉しや、もう、これから、何処へもいかんと、ずっとずっと、母さんのそばにいてくれるんだろ……」

葬儀のどさくさの中、一日中やり場のない感情を押え続けてた母は、独りになると仏壇の前で、息子に声をはずませ際限なく話し続けるのだった。

ＮＨＫテレビの『母の風土記』をみた。そこに紹介された話である。戦死した長男の位牌の前で誰もいない深夜、長々とお喋りしているあの母の言葉を作曲家船村徹は聴いたという。

船生村で母ハギさんは、ひとが愚直というほど働き続け娘三人息子二人を育てた。優等生だった長男はサッサと軍人になった。全く心配もかけず親から離れ勉強し成長した長男は自から軍人の道を選び、母とゆっくり語るいとまもなくアッというまに戦場の露と消えた。

母の哀しみは胸を掻きむしられる思いだったろう。例え国家のためとはいえ、こんなに母子の糸が早くあっけなく途切れるのはどんなに辛かろう。母子を結ぶ糸はこんなにも細く弱く短いものなのだろうか。

世話のかからない子と一方、何時迄も大人になっても心配かける子とどう違うのだろう。作曲家船村徹は当時、夜の街を流しをしながら作曲の苦学をしていたという。彷徨《さまよ》う息子に思いを寄せる母の心配は、ただごとではなかったのに違いない。後日、母の信玄袋には大切にしていた徹の手紙と、その返事の書きかけが残っていたのを姉達が発見した。

わが家の長男洋一の場合も全く似ていた。洋一は五人兄弟の中、一番勉強好きだった。小学校を出るとすぐに働きながら学べる逓信講習所普通科へサッサと入った。そして高等科へ進み更に大学をめざしていたのである。二十円の給料のうち毎月十円を母に送金し続けていた。一番世話のかからなかった子が一番親孝行してくれると母は喜んでいた。その洋一は通信兵として徴兵されルソン島で敗戦前に戦死。十九才だった。

母は洋一が出征中毎日陰膳を欠かさない。当時のルソン島の日本軍は戦わず山野を逃げ回

197　母子の糸

り持久戦せよの命令があった。本土決戦迄、連合軍を喰い止めるおとりの役をさせられていたのである。敗走の山岳地奥深く迄餓死者が累々と続いた。母は飢える息子の声を聴いたのである。

或晩わが家に泥棒が侵入した。母は息子が帰ったと思い、食事を与え服まで持たした。「ゆんべ洋一が帰ったんよ。腹すかしとった」母は小声で内緒だといった。事実村に泥棒が来たという噂があった。

後日、洋一の最後を詳しく語ってくれた和田さんの話を聴いて、洋一が帰ったという母の話の日時が重ってると思った。

母子の糸は確かに繋っている。それはどんなに世話のかからなかった子にも、しっかり心配かけてる子にも同じ強い糸である。

船村徹が作曲家五十周年記念に今迄の作品を自ら歌い、ギターをつまびくのを聴いた。それは細い糸だけど、心にしみじみと伝わる母子の強い糸であった。

ヨーコ心配

賢一が野球部の友人からきいた情報をママに話すから、気の弱いママは寝込んでしまったのだ。

「お前の妹は不良とつきあってる」

野球部の友人は心配してくれたのだ。妹ヨーコは中学二年。兄賢一は中学三年で駿足が自慢。この前も二塁打でチームを優勝に導き県大会進出が決まってる。

友人は授業を抜け出した生徒の中に、ヨーコに似た女のこがいるというのだ。ママはヨーコの変化をそれとなく前から感じて知っていた。あれからだわ……そう、ケータイ与えてからヨーコは変ったのよ。

「あなたが買ってあげるからよ」パパは黙り込んでしまう。併し今更何をいっても解決にならない。電話なら話し声で判断できる。メールでは捉えどころがない。頻繁に男のこから電話がかかってくる。「あなたは誰?」プッン。ママはヨーコに何度も訊くがはぐらかされてしまう。「ママは心配してるのよ」「大丈夫だって……」

ヨーコは幼い頃からＹＭＣＡのスイミングに通っていた。スラリとした均整のとれた少女。泳ぐ姿がまた美しい。中学校には水泳部がない。ヨーコの奔流が少し狂った。

着物がとても好きでよく赤いべべ着せて貰ってた。『ほうずき祭り』には友達数人、ゆかた姿でゾロ歩き。ボクはミスゆかたの審査員。ヨーコに出場したらとすすめたがこれは辱しいらしい。

中学校の運動会。

五クラス対抗選手に選ばれた。陸上は嫌いらしい。渋ってたら、

「お前が出なきゃ誰が出るんだァー」

と先生にハッパをかけられスタートラインに立った。眉をしかめた暗い顔がカメラのズームに写った。号砲一発、ヨーコは出遅れた。先頭集団がゴール二十メートルにさしかかったとき突如、髪をなびかせ若鹿のようなしなやかな脚がぐんぐん抜いてとび出した。

「ヨーコヨーコッ!!」

ママが立上り絶叫した。最後の粘りと瞬発力。負けん気の強い少女の爽快な走りぷりに酔っ

201　ヨーコ心配

た。シャッターを押す暇などない。

「ヨーコが不良だなんて、そんなアホな、心配しすぎよ。まだまだ純な女のこだよ」と、ボクらのヨーコ心配をお婆ちゃんは一笑する。

スーパーの前でヨーコと男のこが話し込んでた。男のこはとても不良とは思えないあどけない顔をしてた。

「わたし、婦人警官になるんだからね。今度知ったら絶対許さんよ。絶対真面目になるんよ」

ヨーコの低い声がきこえた。それをお婆ちゃんはチラリとみてみぬふりして通りすぎ、クックククと笑いながら帰った。

そういえば小学生の頃、将来婦人警官になると学級新聞に書いていた。万引きしかけた男のこを捉え、婦人警官になったらタダじゃすまんぞとおどしてるのが何ともおかしく可愛い。

最近のヨーコはバトミントン競技に熱中している。

もう外野のヨーコ心配はない。

観音さま

「ま夏の暑い日じゃった。田圃のほとりで草刈りしとったら、眠とうなってのう。寝てしもうたんや。そしたらパッと空いっぱいに白衣を着た大きな観音さんが現われてのう、辺り一面ギラギラと眩しい光線が走りだしてのう。その光線が槍になって鼻から脳天めがけてズーンと突込み、チーンとしびれが走ったんよ。それからギチギチゾーンと物凄い音がしてのう……ハッと気がついたら観音さんはスーッと消えてのうなってた。ほんでまあ、嬉しやのう、あの頑固な蓄膿症が嘘みたいに治って、鼻がスースー気持ちようなったんよ。観音さんが手術して下さったんよ。やれありがたやと、天を仰いで、手を合せて、何度もお礼をいったんよ……」

母の観音さんの話は面白い。

ずっと以前から脳裏に描いてた願望だろうか。手術の情景の描写がリアルで迫力があった。

観音さんは何でもなされる。その慈愛は規模がでっかく宇宙的だ。宇宙といえば観音菩薩はしっかりと空中に立ってるお姿の図が多い。空中なのに堂々として重みがある。座ってられてもこの背景は壮大な密度の濃い宇宙だ。

何といっても観音画の圧巻はあの狩野芳崖の『慈母観音』だろうか。壮大で優美、然も肉感的な重厚さで宇宙にしっかりお立ちになってる。ふくよかな笑みを湛えた高貴な表情、そのしなやかな手の先に持つ水差しから落ちるひとすじの水を追っていくと、可愛い乳飲み児がみあげてる。

観音さんは、生きとし生けるもの、何処にでもいらっしゃるのだ。

毎年、古木に、それはそれはういういしい花を咲かしなさっている。巨大な愛に実感がある。感動するなァ……パーッと空中いっぱい、天地に生命を吹きあげるみどりのパワー。あれは観音力だ。

『中国観音霊場会三十三ケ寺お砂踏み道場』というイベントが広島そごうでなされた。ボクにも参加の話がきた。ボクは感激して、『はらみちを花観音展』を企画した。そしてワッと作品を描いた。ボクの躰に観音力がのり移ったか、勢いが違う。十二花観音。

梅、桜、椿、牡丹、つつじ、あやめ、あじさい、カンナ、そしてひまわり、彼岸花、コスモス、ポインセチア……。

花々をスケッチしまくった。それはボクの観音さんが祈りから次々と新しい出会いにとって変わった。ボクは観音新発見にエキサイトした。母のみた白衣観音とは違う、愉しい、爆発的な熱いものだった。

綺麗だね。綺麗だね……。その花も観音さんが笑っていはる。嬉しそうに、首を伸ばし、うなずいて、騒いではる。早よかけ早よかけと、盛んに催促してはる。

観音さまをかきました
裸になってかきました
何故かいとしく切なくて
汗と泪がおちました
よだれもポトンとおちました
アラ、失礼!
いいのよそのままかきなはれ

観音さまはほっぺたを
ぬらしてやさしくいいました

観音さまをかきました
おずおずしながらかきました
かき終ってドキドキ
まずかったかナ？　と思いながら
たじろぐボクの目の前で
ほんわり花がひらきました

観音さまがうなずきました
観音さまがほほえみました

207　観音さま

燦めくスピリット達に囲まれてきた

ボクの得た日々の景色は小さいけどキラキラしてる。生命力の愕きとユーモアがある。

ボクがひとりじめにしてしまうなんて勿体ない。

このエッセイの殆んどは『未生流』に掲載させて戴いたものである。

『未生流』の肥原俊樹先生、紹介下さった児童文学者青木久子先生、今回出版に盡力下さった溪水社の木村逸司さん、そしてボクのために尊い汗を流して下さった全国の人達、更に一体となって生きてくれてるそよ風さんに万感をこめて感謝を、
ありがとう！

ありがとう！

〈著者〉

はらみちを

本名・梶原充雄。

1928年生れ。

脳性小児麻痺による障害一級。約20年間時計・印判店を続け、40歳のころから母、子、自然をテーマに詩と絵の制作に専念する。

白秋生誕百年童謡賞、厚生大臣賞、新聞読者が選ぶデザイン賞受賞。

主な著書　『お母さん』『花に叱られる』『ピカドンたけやぶ』『おんぶ』『それゆけクッピー』『南の島ルソンから』（岩崎書店）、『さいぶりダイちゃん』（小峰書店）、『お母さんお元気ですか』（主婦の友社）、『お母さんのそばがいい』（PHP研究所）、『この世は見事な曼茶羅じゃ』（ぶどう社）、『いのちを抱く』（旬報社）、ほか。

ここにいるよ

平成16年８月20日　発　行

著　者　はらみちを
発行所　株式会社 溪水社
広島市中区小町１－４（〒730-0041）
電　話（082）246－7909
ＦＡＸ（082）246－7876
E-mail：info@keisui.co.jp

ISBN4-87440-828-1　C0095